깊은 강은 언제나 서늘하다

강민구

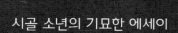

시골 소년의 기묘한 에세이

채륜서

들어가며

강원도 춘천에서 자란 소년은 완전히 시골도 아닌, 완전히 도시도 아닌 중간지대에 있었다. 자연과 사람들 속에서 많은 경험을 하며 때로는 섬뜩하기도, 때로는 슬프기도, 때로는 즐겁기도 했다.

소년의 경험은 모아 놓고 보면 참 기묘하다. 소년은 어린 시절의 경험을 통해 생각하고, 상상하고, 성장하였다.

어쩌면 잊혀져 가는 자연과 시골의 사람 사는 이야기가 시골 소년의 어린 시절 경험담을 통해 독자들에게 신선하게 다가가길 바라며.

강민구

차례

1장

이상하고도 기이한 일들

꾀꼬리 나무에서 본 여자

아빠는 광판리라는 마을 입구에 놓인 나무에 꾀꼬리가 살고 있다며 나와 함께 사냥을 하러 가 보자고 제안을 했다. 그날은 비가 내리고 안개가 껴서 무언가 음산한 기운이 도는 날씨였다. 아빠와 나는 광판리 마을 입구에 도착하여 꾀꼬리가 나온다는 나무에서 대기하고 있었다. 날씨가 좋지 않았던 덕분인지 꾀꼬리는 나타나지 않았고 우리는 차 안에서 장전된

공기총을 정리하며 집으로 돌아갈 준비를 하고 있었다.

　그때였다. 멀리서 트럭이 오는 소리와 함께 한 여자가 고래고래 지르는 비명소리가 들려왔다. 나는 무슨 소리인가 싶어 소리가 나는 쪽을 쳐다보았고 저 멀리 흠집이 많이 난 농사에 쓰이는 일 톤 트럭이 도로 위로 달려오고 있었다. 아마, 마을 쪽에서 농사일을 하시는 농부의 자동차인 것 같았다. 하지만, 이상한 것은 그 뒤에 한 여성이 뛰어오고 있었는데 그 여자는 비명을 지르며 트럭을 향해 달려오고 있었다.

　트럭이 우리 쪽에 가까워지자 여자의 고함소리도 함께 들리기 시작하였다.

　"트럭 뒤에 우리 오빠 시체가 있는데.. 어.. 사람 살려! 살려주세요! 트럭 뒤에 우리 오빠가.. 있는데..."

　나는 순간 온몸에 소름이 돋았다.

일 톤 트럭 뒤에는 짐을 싣는 공간이 있는데, 그 공간은 공교롭게도 속이 보이지 않는 두꺼운 헝겊으로 꽁꽁 둘러 싸매어져 있었다. 아빠는 창문을 살짝 열어 무슨 일인가 보려 고개를 내밀었고, 때마침 우리가 타고 있던 자동차 옆을 지나던 여자는 우리 쪽으로 달려오기 시작하였다. 나는 당장이라도 아빠에게 시동을 걸고 집에 가자고 말하고 싶었지만, 이미 여자는 아버지에게로 와서 숨을 헐떡거리며 도와달라는 말을 하고 있었다.

"저기 저 트럭에 저희 오빠 시체가 있는데.. 살려주세요! 제발.. 저 좀 도와주세요..!"

미처 장전이 풀리지 않은 공기총. 정신이 나간 것처럼 비를 온몸에 맞으며 트럭을 쫓다가 갑자기 우리에게 오빠의 시체 이야기를 하는 여자는 나에게는 엄청난 공포로 다가왔다. 아빠도 여자가 제정신이 아닌 것을 눈치채셨는지 달래기 시작했다.

깊은 강은 언제나 서늘하다

"아 무언가 잘못 생각하고 있는 것 같은데 진정하시고…"

"아.. 아니에요. 제가 확실히 봤어요. 저기 시체 있어요."

"그거 제가 봤는데 시체 아니고요 지푸라기 같은 거였어요. 그러니까 너무 걱정하지 마시고 빨리 그냥 집으로 가세요."

우리가 그 여자의 말을 믿지 않는 걸 알았는지 더 설명은 하지 않은 채 그대로 달려온 길로 터벅터벅 돌아가기 시작했다. 여자가 멀어지는 뒷모습을 보며 아버지는 아마도 정신이 이상한 여자가 헛것을 본 모양이라고 말씀하셨다.

사실 그 트럭에 정말 시체가 들어 있는지 없는지는 알 수 없었다. 그저, 여자가 정신이상자로 보였기에 헛것을 보았다고 확신했을 뿐이다. 그날 정말 트럭 뒤에는 시체가 실려 있었던 것일까? 25년이 넘은 지금도 가끔 생각해 본다.

완두콩 전설

　잭은 홀어머니와 함께 사는 청년이었다. 어느 날, 잭은 전 재산이었던 소를 길거리에서 만난 한 노인에게 팔았고 그 대가로 마법의 콩을 얻어 왔다. 소를 주고 콩을 받아 온 잭을 보고 화가 난 잭의 어머니는 콩을 밖으로 집어 던지고 잭을 혼냈다. 다음날, 마당에 떨어졌던 콩은 거대한 나무로 성장했고 잭은 그 나무를 타고 올라가 하늘에 있는 거인의 마을에 도착

했다. 거인의 마을에서 황금알을 낳는 거위와 스스로 연주를
하는 하프 등 보물들을 훔쳐 달아났다. 거인이 쫓아오자 지상
에 있던 잭의 어머니는 도끼로 나무를 베었고 거인은 땅에 떨
어져 죽게 되었다. 이후 잭은 홀어머니와 함께 행복하게 오래
오래 살았다.

  하굣길이었다. 친구들과 책가방을 들고 장난을 치며 걷던
중 저 멀리 막 자라기 시작한 완두콩 새싹이 보였다. 나는 친
구들과 헤어지고 나서 새싹을 가까이 가서 보았다. 지금은 미
약하지만 물을 잘 주고 거름을 잘 준다면 아주 건강한 나무가
되어 있겠지? 나는 주변에 쓰레기처럼 버려져 있던 종이컵을
찾았고 완두콩을 뿌리가 다칠까 조심스럽게 파낸 뒤 종이컵
에 담아 집에 가져왔다.

  우리 집에는 이미 많은 화분들이 있었기에 그중 한 화분에
잘 심어 놓았다. 아빠가 화분들에 거름과 물을 잘 주면서 관
리를 잘 하고 있었기에 내 완두콩도 잘 자라리라 믿고 있었

다. 잭의 콩나무처럼 거대해질 완두콩을 기대하며 나는 잠자리에 들었다.

다음 날, 일어나자마자 완두콩 가까이 가 보았다. 이게 무슨 일인가. 어제 심어 놓았던 완두콩은 하루 사이에 부쩍 자라 있었고 줄기가 내 팔뚝만큼 굵어졌다. 나는 물을 주고 학교에 갔으나, 내 생각은 온통 완두콩에 집중되어 있었다. 학교가 끝나자마자 집으로 돌아와 완두콩을 보자 거대한 나무가 되어 우리 집 베란다를 뚫고 하늘로 뻗어 있었다.

가능한 일인가?

나는 베란다를 뚫고 나간 완두콩 줄기를 보았고 그 끝은 헤아릴 수도 없이 높이 하늘로 향해 있었다. 나는 잭이 콩나무를 타고 하늘에 있는 거인의 마을에 간 것처럼 부모님이 오시기 전에 거인의 나라가 있을지도 모르는 하늘로 향해야 했다. 준비를 끝내고 완두콩 나무줄기를 따라 하늘로 올라가기 시

깊은 강은 언제나 서늘하다

작했다. 매서운 바람이 불고 아래를 보자 아찔했지만 금은보화를 얻기 위해 나는 두려움을 이겨 내고 끝내 하늘 위로 올라갈 수 있었다.

하늘은 내가 생각했던 것처럼 아름답지는 않았다. 안개가 자욱하게 둘러싸여 있어서 끝이 보이지 않았다. 뚜렷한 방향 없이 이리저리 떠돌던 중 내 앞에는 거대한 바위가 놓여 있었다. 바위의 크기에 놀라 바위를 손바닥으로 만지면서 위를 올려다보았다.

바위가 아니었다.

거대한 눈동자가 나를 또렷이 바라보고 있었고, 내가 바위라고 착각했던 것은 거인의 엄지발가락이었다.

"너도 보물 훔치러 여기 올라왔니? 절대 안 되지!"

거인의 고함소리는 그 어느 소리보다 공포스러웠고 나는 생각할 틈조차 없이 거인으로부터 도망치고 있었다. 보물은 커녕 괜히 올라왔다가 어린 나이에 죽겠구나. 잘못했으니 다시는 안 올라오겠다고 빌어 볼까? 나는 어느새 하늘로 올라왔던 입구에 도착해 있었고 뒤를 돌아보자 여전히 거인은 씩씩대며 나를 쫓아오고 있었다. 나는 죽을힘을 다해 완두콩 나무를 타고 지상으로 내려오고 있었고 거인은 내려가는 나를 잡으려 손을 이리저리 젓고 있었다.

그때,

"쿵!"

거인의 손바닥은 나무를 세게 쳤고, 나는 그 충격으로 나무를 놓치게 되었다. 아마 한 달 전 갔었던 63빌딩에서 내려다본 도시의 모습이 그랬을 거다. 엄청난 높이에서 나는 그대로 떨어지기 시작했다. 떨어지면서도 거인에게 울며불며 잘못했다고 빌었다.

"잘못했어요! 다시는 안 올라올게요!"

다음 날, 나는 일어나자마자 완두콩 가까이 가 보았다. 나는 물을 주고 거름을 주고 '잘 자라라'는 예쁜 말도 해 주면서 정성스럽게 키웠다. 두세 달이 지났을까. 나는 주렁주렁 달린 완두콩을 따서 엄마가 쌀을 씻을 때 몰래 몇 개 넣어 두었다. 그날 저녁으로 먹은 완두콩 밥은 맛있었다. 콩이 조금 부족했던 것 빼고는.

장례식 미신

"아빠 오셨구나. 굵은 소금 좀 가져와."

엄마는 나에게 굵은 소금을 그릇에 담아 가져오라고 했다.

"철컥."

깊은 강은 언제나 서늘하다

현관문이 열리자 아빠가 들어왔고, 엄마는 내가 가져온 그릇에 담긴 굵은 소금을 아빠의 옷에 뿌리기 시작했다. 아빠는 자연스러운 듯이 자리에 서서 한 바퀴를 돌았고 엄마는 아빠의 온몸에 소금을 뿌리고 바닥에 수북이 쌓일 때쯤 멈췄다.

　"엄마 왜 소금을 뿌리는 거야?"

　엄마는 장례식에 가면 산자의 몸에 잡귀가 달라붙어서 집에 들어오기 전에 잡귀를 떼어 내기 위해 굵은 소금을 뿌린다고 했다. 영화에서 문지방에 소금을 수북이 쌓아 놓으면 귀신이 들어오지 못하고 밖에서 분노하는 모습을 몇 번 본 적이 있다.

　귀신은 왜 소금을 싫어하는 걸까? 짜서? 그러면 맛소금을 대신 뿌리면 어떨까? 그건 좀 비싼가.

비 오는 날 손을 흔들던 여인

추적추적 비가 내리는 여름날 밤이었다. 아빠는 친구들과 모임을 갖고 집으로 돌아오는 중이었다. 강원도 춘천의 한 외진 시골쯤인가. 정신병원이 있는 곳으로 알려져 있었다. ○○ 정신병원. 아빠는 운전을 하고 있었고 마침 정신병원 근처를 지나가고 있었다. 커브를 꺾는 순간,

"이런 씨!"

아빠는 급하게 운전대를 꺾었다가 이내 다시 정상적인 궤도로 돌렸다.

"방금 뭐였지?"

아빠는 잠시 차를 멈추고 자신이 보았던 것을 다시 확인하기 위해 백미러를 살펴보았다. 아무것도 없었다. 아까 커브를 꺾을 때 분명 위아래 흰옷을 입은 긴 머리를 한 여자가 비를 온몸에 맞은 채로 손을 흔들고 있었다.

나는 이야기를 듣자마자 무섭다기보다는 왠지 모르게 호기심이 솟아올랐다.

"아빠 가 보자. 낮에 다시 가 보자."
"아이, 거기 왜 가니. 가뜩이나 귀신 본 것 같아서 무서운데."

마침 근처에서 볼 일이 있었던 아빠는 흰 소복의 여자가 손을 흔들었던 그곳을 지나쳐야 했고 나도 아빠와 함께 길을 나섰다. ○○정신병원 근처에 도착하자 아빠는 나에게 설명을 해 주기 시작했다.

"여기서 아빠가 커브를 꺾었단 말이지. 딱 커브를 꺾는데! 여자가 저~쯤이었나? 손을 흔들고 있는 거야. 근데 비를 흠뻑 맞고 서 있으니까 이게 사람인가... 귀신인가... 구분이 안 되더라고..."

차를 세우고 나는 아빠와 내려서 의문의 여자가 손을 흔들던 장소를 살펴보았다. 공포영화에 나올 법한 뻔한 법칙처럼 관리가 되지 않은 한 묘지가 그곳에 있었다. 아빠가 헛것을 본 것이었을까. 아니면, 무언가 할 말이 있어서 귀신이 아빠에게 도움을 청했던 걸까. 아니면, 그냥 히치하이킹을 하려던 여자였을까.

깊은 강은 언제나 서늘하다

잘 알지는 못하겠다. 다만, 한밤중에 정신병원 근처에서. 그것도 이름 모를 묘지 주변에서 비 오는 날 흰 소복을 입은 채 온몸이 젖어 손을 흔들고 있는 여자를 보는 것은 그리 유쾌하지 않은 경험인 것은 확실하다.

망자가 꿈에서 당신을 부른다면

　어떤 자리였는지는 모른다. 어른들과 다 함께 있었던 술자리였던 것 같다. 나는 구석에서 갈비를 조용히 먹으며 있었고 아빠, 엄마는 친구들과 술을 마시며 수다를 떨고 있었다.

　"아니. 내가 글쎄 꿈에서 돌아가신 어머니가 나타났는데 어머니가 너무 고우신 모습으로 나타나신 거야. 그래서 따라가서 재미있게 놀았는데..."

아빠의 친구는 자신이 꾸었던 꿈 얘기를 하고 있었다.

며칠 뒤였을까. 아빠와 엄마는 장례식에 갔다 온다며 나에게 혼자 저녁을 먹고 있으라고 하였다. 나는 누구 장례식이냐 물었고, 며칠 전 회식 자리에서 같이 밥을 먹었던 아빠 친구의 장례식이라고 했다. 며칠 전 자신이 꾸었던 꿈 이야기를 하던 그 친구 말이다.

망자가 꿈에서 당신을 부른다면 따라가지 말라는 미신을 들은 적이 있다. 망자가 산자를 데려가기 위해 산자가 가장 사랑하던 사람의 모습으로 나타난다고. 아빠의 친구도 죽은 어머니의 모습을 한 저승사자에게 끌려간 것일까? 아빠 친구는 며칠 전 교통사고로 사망했다고 아빠가 말했다.

나는 좀 무서웠다. 물론 어렸던 내 주변에는 망자라고 불릴 만한 사람. 그러니까, 내가 얼굴을 실제로 보고 이야기하던 사람이 망자가 된 적이 없었기에 내가 사랑하는 모습으로 꿈에 나타날 수는 없었으나 그래도 혹시나 그런 꿈을 꿀까 봐 조마조마했던 기억이 있다.

며칠 뒤 아빠는 자신의 꿈 이야기를 나와 엄마에게 해 주었다.

"우리 엄마가 산속에서 아주 고운 모습으로 날 부르더라?"

"그래서?"

"아니 그 며칠 전 교통사고로 죽은 내 친구 있잖아. 걔가 꿈속에서 죽은 엄마 따라갔었잖아. 꿈속에서 갑자기 그 이야기가 떠오르더라고? 그래서 엄마한테 너는 우리 엄마가 아니다. 나는 더 살아야 한다. 우리 엄마가 맞을지라도 나는 좀 더 이승에서 살다가 가고 싶다고 소리 지르면서 안 따라갔지."

"그랬더니?"

"그랬더니 나는 엄마가 생전에도 그렇게 화내는 모습을 못 봤거든? 갑자기 엄마가 악을 쓰면서 내 손을 잡아끌더라고.

그래서 손을 뿌리치고 도망갔지."

이야기를 들으면서 결론을 듣자 참 다행이라는 생각을 했다.

만약 망자가 꿈에서 당신을 부른다면 절대 따라가지 말라.

당신이 망자가 될 수도 있으니까 말이다.

형제의 저주

사실 정확히 뭐라고 불러야 할지 모르는 친척의 이야기다. 어린 시절 엄마로부터 이 이야기를 들었다. 엄마의 외삼촌의 아들이었나? 엄마의 이모의 아들이었나? 잘은 기억나지 않는다. 하지만, 이야기만큼은 확실히 기억이 난다. 주인공의 이름을 A로 지칭해 보겠다.

A는 어렸을 때부터 공부를 잘하기로 소문이 났다. 그냥 잘하는 정도가 아니라 매번 학교와 지역에서 수석을 놓치지 않을 정도로 공부를 매우 잘했다. 대학입시에서도 전국에서 손꼽는 점수를 얻어 한국 일류 대학 법학과에 입학했다. 1970~80년대에는 법대로 진학해 사법고시에 합격하는 것이 집안 최고의 성공이었다. A도 이를 위해 대학을 휴학한 채 사법고시 준비에 매진했다. 일 년 정도 준비했을까. A는 사법고시 2차 시험까지 통과했고, 마지막 3차 면접을 남겨 놓은 상태였다. 3차 면접은 속된 말로 '나는 공산당이다!', '나는 법보다 주먹이 앞선다!' 등 최악의 막말만 하지 않으면 쉽게 통과하는 단계로 소문이 나 있었다. 하지만, A는 그해에 3차 면접에서 탈락. 다음 해에도 면접에서 탈락. 그 다음 해에도 면접에서 탈락하였다.

너무 속상했던 부모님은 답답한 마음에 무당을 찾아갔다.

"왜 우리 아들이 계속 사법고시 3차에서 떨어질까요? 뭐가 문제죠?"

"혹시 동생이 있었어요?"

"아... 네... 근데 그건 왜 물어보세요...?"

"동생 지금 살아 있어요?"

"..."

"동생 때문에 계속 떨어지는 거네."

사실, A의 동생은 어린 시절 공부를 잘하고 부모님 말을 잘 듣던 A 때문에 차별대우를 받았었고 이를 못 이기고 어느 날 목을 맨 채 자살을 했던 것이었다.

"이거 해결할 수 없어요. 어이구 답답해라. 말만 하는데도 가슴이 답답하네. 얼마나 억울하고 사랑을 못 받았으면..."

무당은 A의 동생 이야기를 계속했고, 이야기를 하면서도 답답하다면서 가슴을 계속해서 내리치며 해결하기 어려운 문제라고 A의 엄마에게 말해 주었다. 해결하려면 보통 공을 들여야 하는 문제가 아니라며.

A의 엄마는 무당이 동생 이야기를 시작하자 그 말을 끝까지 듣지도 않은 채 집으로 돌아갔다.

그 이후 A는 어떻게 되었을까? 결국 다음 해 사법고시에서도 3차 면접에서 탈락했고, 시험을 포기한 채 결혼하고 부인이 개업한 작은 가게를 운영하며 소소하게 살아가고 있다고한다. A와 A의 동생 사이에는 어떤 일이 있었을까? 정말 A가 사법고시를 통과하지 못했던 것이 동생의 원한 때문이었을까? 어떤 원한이었길래 죽은 자의 사념이 산 자에게 영향을 미쳤던 걸까.

낚싯줄이 끊어지면 소년의 상상은 시작된다

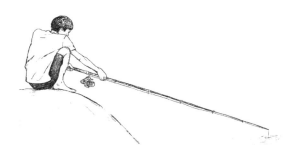

"딸랑딸랑."

낚싯대 끝에 매달아 놓은 방울 소리가 힘차게 울린다. 좀 더 입질이 올 때까지 기다렸다가 한 번 더 방울 소리가 울리면 그때 낚아채면 된다.

"딸랑딸랑."

힘차게 낚싯대를 낚아챈다. 팽팽해진 낚싯줄을 통해 전해지는 물고기의 묵직한 움직임이 느껴진다. 낚싯줄이 끊어질까 줄을 풀었다가 감았다가를 반복하며 먹이를 문 물고기가 힘이 빠질 때까지 보이지 않는 싸움을 한다.

힘이 빠진 것이 느껴졌을 때 힘껏 낚싯줄을 감아올린다. 그 순간, 팽팽했던 낚싯줄에 힘이 없어지며 물고기의 묵직했던 움직임도 더 이상 느껴지지 않는다.

'아... 끊어졌다...'

이때부터 나의 상상은 시작된다. 내 먹이를 물었던 그 물고기는 이 강에 사는 전설적인 존재이지 않았을까? 크기는 3m에 몸무게는 100kg에 육박하는 엄청난 대물. 분명 내 손으로 느껴지던 물고기의 힘은 보통 녀석의 힘이 아니었다. 피노키

오를 삼켰던 고래만 한 물고기였을까? 혹시 한국에서 최초로 발견된 엄청난 괴물 물고기일 수도 있지 않은가?

상상은 자유다. 사실 실체를 확인하는 것보다 상상으로 남겨 두는 편이 더 행복할 수도 있다.

끊어진 낚싯줄 뒤로 석양이 진다.

양계장 옆 개천에는 이무기가 산다

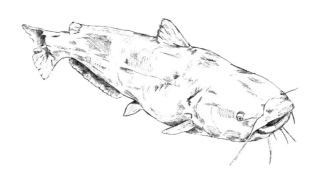

아빠는 강원도 화천 한 고등학교 레슬링부의 코치로 근무했다. 레슬링부 형들은 힘이 좋기로 소문났고 어느 여름날 아빠는 물고기를 잡기 위해 형들을 모두 데려갔다. 형들도 오랜만에 즐기는 물놀이라 즐거워했다.

물고기를 잡는 방식은 여러 가지가 있지만, 나무막대 두 개

사이를 그물로 엮어 만든 '족대'를 사용해서 바위 밑에 숨은 물고기들을 잡는 방식이 나와 아빠가 가장 좋아하던 물고기 잡는 방식이었다. 족대로 물고기를 잡기 위해서는 바위를 움직여 바위 밑에 숨은 물고기들을 밖으로 나오게끔 해야 한다. 이 과정에서 많은 힘이 필요했고 레슬링부 형들이 달려들어 바위를 움직이는 역할을 크게 해 주었다.

화천에는 양계장이 있었는데, 양계장의 오·폐물들이 인근 하천으로 유입이 된다는 소문이 있었다. 그래서인지 양계장 주변 하천의 물고기들은 유난히 살이 통통하고 건강했다. 유기물이 포함된 닭똥이 하천으로 흘러나가 물고기들의 먹이가 풍부했기 때문이었을까.

형들과 나는 하천을 돌아다니며 물고기를 잡기 시작하였다. 저녁노을이 질 때쯤이었을 것이다. 어느 정도 바구니에 물고기들이 가득 차 있었고 물고기잡이를 마무리하고 집으로 가려 했다. 그중 이상하게 묘한 기분이 드는 바위가 내 눈에 들어왔다. 나는 형들한테 저것만 마지막으로 잡고 가자고 제안했고 형들은 다 같이 그 바위로 몰려갔다.

"하나. 둘. 셋. 으쌰!"

레슬링부 형들은 바위를 잡고 흔들기 시작했고, 나는 족대를 잡고 기다렸다. 형들이 바위를 두세 번 흔들어 놓았고 나는 족대에 무엇이 들어가고 있는지 수면을 들여다보고 있었다. 그 순간 엄청나게 커다란 시커먼 물체가 바위 밑에서 나오는 걸 보았고 어찌나 컸던지 그 물체는 나의 종아리를 쓸면서 이리저리 움직이고 있었다. 아직도 느껴진다 그 미끈미끈한 감촉이.

"이게 뭐야!"

형들도 봤는지 소리를 질렀고 일부는 "뱀이야!"라고 외치며 도망가기도 했다. 족대를 들자 정말 어마어마하게 큰 메기가 들어 있었다. 정말 어마어마하게 큰. 형들 두세 명이 달려들어 메기가 담긴 족대를 들었던 것으로 보아 무게도 꽤 나갔던 것 같다. 나는 어안이 벙벙하여 형들의 놀란 표정들을 보며 그 자리에 굳어 있었다. 육지로 끌어내어 크기를 재어 보니 초등학교 3학년이었던 당시의 나의 키와 비슷했고 몸집도 어마어마했다. 수치로 재 본 것은 아니었지만 150cm에 40~50kg 정도 되지 않았을까? 형들과 아빠는 그날 저녁 메기탕을 맛있게 끓여 먹었다.

언제인가 어르신들이 하시던 이야기가 있다. 큰 물고기는 영물이라고. 나는 국물만 먹고 고기는 먹지 않았다. 원래 나는 민물고기의 비린내 때문에 민물생선으로 만든 요리는 좋아하지 않는다. 하지만, 이 때문이라기보다는 무언가 무서웠다. 아마도 그 메기는 나보다 나이도 많았을 것 같다.

전설에 내려오는 이야기처럼 용으로 승천하기 전 이무기가 이런 느낌이지 않았을까.

신 내린 어부 1

강원도 화천에는 북한강이라는 큰 강이 흐른다. 엄마, 아빠와 나는 여름이 되면 북한강으로 가서 물고기를 잡으며 자주 놀곤 했다. 어느 날, 우리가 놀고 있을 때, 저 멀리서 한 노인이 주황빛 그물을 강으로부터 끌어내고 있는 것이 보였다. 노인이 끌어내는 그물에는 팔뚝만 한 고기들이 주렁주렁 매달려 있었다. 아빠와 나는 호기심에 그 노인 곁으로 갔다.

"와~ 고기 잘 잡으시네요?"

노인은 머쓱한 듯 웃으며 계속 그물을 끌어내고 있었다. 아빠는 노인과 여러 가지 대화를 나누고 친해졌는지 전화번호를 교환했다. 그날 이후 아빠는 노인을 만나러 자주 갔었고, 노인은 어부라는 사실을 알게 되었다. 아빠도 노인으로부터 특수제작한 그물을 받아와 나와 함께 물고기를 잡으러 다녔고 우리도 그 노인이 잡던 대로 큰 물고기를 잡곤 했다.

그날도 여느 때처럼 그물로 물고기를 잡기 위해 집 마당에서 아빠와 함께 그물 손질을 하고 있었다. 갑자기 멀리서 고함소리가 들리기 시작했다. 고개를 돌리자 아빠와 친해졌던 어부가 성난 표정을 하고 우리에게 달려오고 있었다.

"그물 당장 버려! 물고기 다시는 잡지 마!"

그렇게 화난 노인의 얼굴을 보는 것도 쉽지 않은 경험일 것

깊은 강은 언제나 서늘하다

이다. 고래고래 소리를 지르며 아빠와 내가 손질하고 있는 그물을 찢으려는 듯이 주머니에 넣고 왔던 가위를 꺼내어 위협을 하였다. 아빠는 어부와 친하게 지냈던 터라 갑작스럽게 화를 내는 노인을 진정시키고 자초지종을 물었다.

알고 보니, 노 어부는 신내림을 받아 무당이 된 것이었다.

신령님들이 노하시니 생명을 잡는 일을 멈추라고 우리에게 말한 뒤 집으로 돌아갔다. 아빠와 나는 그물을 정리했고, 아빠는 며칠 뒤 어부를 다시 찾아갔다. 어부를 찾아갔을 때, 초등학교밖에 졸업하지 못한 그가 유창한 한자로 아빠의 사주를 풀이해 주고 ○월 ○일에 교통사고를 조심해라, 투자를 하지 마라 등등의 조언들을 해 주었다고 한다.

당시는 2000년대 초반이었다. 강원도 화천에는 도로들이 생겨났는데 화천은 워낙 산들이 많아 산을 뚫어 터널을 만들어야 했다. 그래서, 그중 큰 산의 중간을 뚫어 터널을 만들었는데 이상하게도 그해에 화천 산골 마을에 신내림을 받아 무당이 된 사람이 자그마치 여덟 명이나 된다는 소문이 돌았다. 산신령님이 노하셨던 걸까?

아빠와 친해졌던 어부. 물고기 잡는 것을 업으로 삼았던 어부가 갑작스럽게 신내림을 받고 살생을 하지 말라던 것 역시 이와 관계된 것이 아니었을까?

신 내린 어부 2

　신내림을 받은 북한강의 어부는 강원도 화천의 절산이라는 곳에 자리를 잡았다는 소문이 있었다. 아빠는 소문을 듣고 점을 보러 갔고 꽤나 정확했다고 한다. 그래서, 엄마에게도 그곳에 점을 보러 가라고 권했다. 엄마는 혼자 가기는 좀 무서워 외할머니와 함께 신내림을 받은 어부가 있다는 절산으로 향했다.

어부와 통화를 하고 약속 장소에서 엄마와 외할머니는 기다리고 있었다. 어부가 도착하자마자 엄마와 외할머니를 산으로 끌고 가더란다. 절산은 산이 많은 화천에서도 험하기로 소문난 악산이다. 겨우겨우 기어올라가 목적지에 도착하자 엄마와 외할머니는 숨이 턱 끝까지 차올랐다. 하지만, 어부는 숨 하나 흐트러지지 않고 멀쩡했다고 한다.

도착한 장소에는 신비로운 기운의 동굴이 있었고 어부는 그 안으로 들어갔다. 엄마와 외할머니는 동굴 안으로 따라 들어갔고 동굴 안에는 법당 같은 것이 만들어져 있었다. 촛불, 항아리, 물을 담아 놓는 그릇. 무당의 상징인 오방기가 이곳 저곳에 꽂혀 있었다.

어부는 엄마와 외할머니에게 산에 올라오기 전에 가져오라고 했던 쌀을 꺼내어 보라고 했다. 엄마와 외할머니는 쌀을 꺼냈고, 어부는 각자 꺼낸 쌀을 넣으라고 말하며 오래된 항아리를 건넸다. 각자의 쌀을 항아리에 넣자 어부는 의식을 시작했다.

방울 소리, 알아들을 수 없는 주문 소리, 이상한 춤사위.

시간이 얼마나 지났을까. 엄마는 정신이 몽롱해지기 시작했다. 옆에 있던 외할머니는 참지 못하고 밖으로 뛰쳐나가셨다. 나중에 물어보니 무언가 이상한 기운이 몸속으로 들어오는 기분이라 너무 무서워서 뛰쳐나갔다고 말씀하셨다. 잠시 뒤 의식이 멈추고 어부는 차분한 표정으로 각자의 항아리를 열어 보라고 하였다.

엄마와 외할머니는 쌀이 담긴 항아리를 열었다. 외할머니의 새하얗던 쌀은 누렇게 변해 있었고, 엄마의 쌀은 더욱더 새햐얀빛을 내며 마치 부처가 웃는 모양의 패턴이 그려져 있었다고 한다. 당시 분위기에 압도되어 쌀에 대한 내용은 어부에게 물어보지 못했지만 이곳저곳에 물어본 결과 외할머니의 누런 쌀은 액땜을 한 것이고 엄마의 새하얀 웃는 모양의 쌀은 엄마가 쌓은 덕을 의미하여 앞으로의 행운을 의미한다고 했다.

정말이지 설명할 수 없는 일이다.

동굴탐사

 내가 어릴 적 살던 집 뒤에는 한 작은 산이 있었다. 그 산은 참 묘한 분위기를 뿜어냈다. 산의 한쪽 면에는 공동묘지가 있었고, 반대쪽 면은 울창한 숲이 펼쳐져 있었는데 군데군데 구멍이 뚫린 것처럼 동굴들이 많았다. 나는 줄곧 학교가 끝난 뒤 '동굴탐사'라는 프로젝트 이름으로 친구들을 불러 모았고 산 여기저기 놓여 있는 동굴들을 탐사하러 갔다.

동굴에 들어서면 항상 기분이 묘했다. 울려 퍼지는 메아리. 어디까지 뻗어 있는지 모를 동굴의 끝. 그리고 그 끝에 뭐가 있을지 모르는 긴장감과 기대감.

사실, 우리들의 프로젝트는 '동굴탐사'라는 거창한 이름이었지만, 좀 더 자세히 말하면 '동굴입구탐사'쯤 되었다. 동굴의 깊은 곳은 너무 무서워 우리 중 그 누구도 들어가려 하지 않았기에 적당한 스릴감을 즐기면서 입구까지만 들어가서 놀았다.

어느 여름날, 나는 내 친구 A와 함께 우리 동네 뒷산에 있는 동굴로 향했다. 내 친구 A는 자신의 애완견을 함께 데려왔다. 이름이 덕구였나? 잘 기억이 나질 않는다. 어쨌든, 우리는 푸르른 숲속에 묘한 기운을 풍기며 뻥 뚫려 있는 한 동굴 앞에 서 있었다. 여름이어서 그런지 밖은 더웠고, 동굴 입구에 서자 안쪽에서 시원한 바람이 불어왔다. 우리는 동굴 안쪽으로 향했다.

"오늘도 여기까지만 가면 되겠지?"

동굴 안쪽까지 들어갈 자신이 없었던 우리는 입구 쪽에 앉아 쉬고 있었다. 근데 왜 그랬을까? 유난히 그날은 동굴 안쪽이 궁금해서 미칠 지경이었다.

"들어가 볼래?"

"...?"

"야 강아지도 있으니까 들어가 보자. 강아지는 사람이 못 보는 걸 볼 수 있다잖아. 냄새도 잘 맡고. 우리가 동굴 안쪽으로 들어가다가 강아지가 짖으면 그때 나오자."

설마 뭐라도 있겠나 싶은 생각이었다. 마치, 광부들이 탄광에 들어갈 때 가스 냄새를 민감하게 맡을 수 있는 카나리아 새를 위험의 척도로 데려가듯이 우리도 A의 강아지 덕구를 동굴 속으로 데리고 들어갔다.

어디쯤 왔을까? 앞쪽은 전혀 보이지 않았고, 서로의 얼굴도 입구 쪽에서 흘러드는 아주 미세한 빛으로 겨우 확인할 수 있는 정도였다. 동굴에서는 뭔가 습하고 퀴퀴한 냄새가 났다.

"야.. 우리 이제 나갈래...?"

"멍!"

".....?"

"멍! 멍! 으르렁.... 멍! 멍!"

"멍! 멍! 멍! 으르렁.... 멍! 멍! 멍!"

덕구는 갑자기 어느 순간 미친 듯이 동굴의 안쪽을 향해 짖기 시작했다. 사실 이때부터 잘 기억이 나지 않는다. 정신을 차렸을 때 우리는 이미 동굴 밖으로 나와 숨을 헐떡대며 서 있었던 것 같다. 덕구가 짖는 소리에 우리 모두 온 힘을 다해 밖으로 뛰어나왔던 것 같다.

숨을 고르고 동굴 쪽을 다시 보았다. 덕구가 짖는 소리를 듣

고 무언가가 동굴 깊숙한 곳에서 튀어나올 것 같은 기분이 들
어 우리는 서둘러 산에서 내려갔다. 어느덧 해는 지고 있었다.

그날 덕구는 왜 그렇게 사납게 짖었던 걸까.

그 뒤로 우리는 한동안 동굴탐사를 가지 않았다.

시골 약방의 화타

강원도 춘천의 한 시골 마을에는 약방이 있었는데 그 약방 주인아주머니는 용하다고 소문이 났다. 사람들 사이에서는 그 아주머니가 '화타'라고 불리고 있었다. 화타는 전설의 의사 아닌가. 엄마가 나에게 그 아주머니에 대해 얘기했을 때는 잘 믿기지 않았다.

깊은 강은 언제나 서늘하다

"그 약방 아주머니는 손만 잡으면 상대방이 어디가 아픈지를 다 알 수 있대. 그리고 상대방의 독기를 자기가 흡수해서 몸 밖으로 빼 주기도 하고."

나는 아픈 곳도 없었지만 한번 그 약방에 가서 아주머니에게 치료받고 싶었다.

그러던 어느 날, 엄마는 몸이 좋지 않아 그 약방에 가야 할 일이 생겼다. 나도 엄마와 함께 약방으로 갔고 그 아주머니의 손을 한 번 잡아 보고 싶었다. 내 몸에 무슨 이상이 있는지 없는지를 확인하기 위해서. 사실 이상을 확인하고 싶었다기보다는 그냥 궁금해서.

도착한 약방은 생각보다 일반적인 외형이었다. 무슨 전설에 나오는 그런 특별한 외형을 갖고 있지는 않았다. 당시 사람이 없었지만, 가기 전에 미리 예약을 하고 갔었기 때문이지 사실 사람들이 항상 끊이지 않는 것 같았다. 엄마는 그 아주

머니 앞에 앉았고 아주머니는 엄마의 손을 잡고 지그시 눈을
감았다.

 "끄-윽. 끄-윽. 아이고.. 추워라. 몸이 왜 이렇게 찹니까.
끄-윽. 끄-윽."

 아주머니는 엄마의 손을 잡고 30초 정도 가만히 있더니 이
내 트림을 시작했다. 마치 엄마 몸에 있는 독기를 자신이 흡
수하여 트림으로 뱉는 것 같았다. 반대 손으로 자신의 가슴을
두드리며 나머지 손으로는 엄마의 손을 잡고 계속 손을 마사
지하듯 만져 주었다. 엄마는 평소에 수족냉증이 심했다. 아마
그 아주머니는 엄마의 수족냉증을 느끼고 계속 춥다고 하는
것 같았다. 아주머니는 마치 엄마의 평소 몸 상태를 그대로
느끼는 듯 추운 시늉을 했다.

 오 분 정도 지났을까. 이내 아주머니는 엄마의 손을 놓고
여러 가지 약재료 이름을 대며 약을 잘 지어 주겠다고 했다.

신기한 것은 양약을 파는 약국이었음에도 불구하고, 아주머니는 한약재료에 대한 지식도 해박하여 한약도 만들어 팔고 있었다.

엄마한테 나는 오기 전부터 그 아주머니에게 진단을 받아보고 싶다고 말했던 터라, 엄마는 나가기 전에 우리 아들도 한 번 만져달라고 말하였다. 아주머니는 웃으며 나를 앞으로 오라고 했다.

"…"

나의 손을 잡고 한참을 눈을 감고 있던 아주머니는 이내 내 손을 놓으며 웃으며 말했다.

"지금처럼 잘 뛰어놀고 맛있는 것 잘 먹으면 이런 데 안 와도 된단다."

나는 건강했던 것 같다.

어떻게 사람의 손만 만지고서 그 사람의 몸을 온전히 느낄 수 있는 걸까. 나중에 아주머니에게 직접 들은 건데 영혼이 맑은 사람은 상대방의 몸 상태뿐만 아니라 감정도 느끼고 더 예민한 사람은 미래까지 볼 수 있다고 했다. 그 말을 듣자 혹시나 그분은 내 미래까지 본 게 아닐까라는 생각에 궁금증이 생겼다. 하지만, 그 질문은 하지 않았다. 그 아주머니가 나에게 지어 준 미소로 짐작하건대 지금처럼 건강하게 잘 뛰어놀고 잘 먹으면 내 미래는 밝을 것이라는 확신이 있었기 때문이다.

초능력

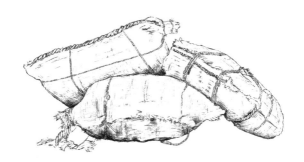

어릴 적 아빠한테 들은 이야기다.

아빠는 어렸을 적 그리 생활이 풍족하지 않아 가족들과 초가집에서 살았다. 초가집의 특성상 마른 갈대나 억새로 집을 지었고 그렇기에 한 번 불이 붙으면 활활 타 버려 불을 조심해서 다뤄야 했다. 아빠는 학교에 다녀오던 길이었고 멀리서 타던 냄새가 나더랬다. 이게 무슨 냄새지 하는 순간 아빠 집 쪽에서 시커먼 연기가 올라오고 있었다. 불안한 느낌은 왜 항상 맞을까. 가까이 다가가니 아빠의 집이었다.

 "거기 누구 있어?!"

 아빠는 손발이 벌벌 떨렸고 혹여나 가족들이 안에 있을지 모른다는 두려움이 엄습했다. 불이 너무나 크게 붙어 마을 사람들이 하나둘 모여들기 시작했고 아빠는 발을 동동 구르며 애타게 가족을 찾았다. 아빠가 학교에 가기 전, 밭일을 하러 간다는 할머니의 말이 떠올랐고 다행히 가족들은 할머니의 밭일을 도우러 모두 나간 상태였다. 하지만, 아직 안심하기는 일렀다.

 '가족들의 식량인 쌀을 지켜야 한다.'

 아빠는 필사적으로 타오르는 불길을 헤집고 쌀 창고에 갔

깊은 강은 언제나 서늘하다

다. 쌀 창고에도 이미 불이 옮겨붙어 있었다. 커진 불을 보고 모여든 어른들은 아빠보고 위험하다며 나오라고 소리를 쳤지만 아빠는 쌀마저 타 버리면 며칠을 굶어야 했기에 어떻게든 쌀을 들고나와야 했다.

아빠가 정신을 차렸을 때는 온몸이 땀으로 흠뻑 젖어 있었고 여기저기 그을린 흔적들이 있었다. 그리곤 주변 어른들이 둘러싸서 바닥에 누워 있는 아빠를 지켜보고 있었다고 한다.

"아이고. 살았네. 살았어."

아빠가 눈을 뜨자 마을 사람들은 애가 살았다며 안도했다. 아빠는 정신을 차려 주변을 둘러보니 쌀가마 세 개가 아빠 옆에 있었다. 그리곤 아빠는 다시 정신을 잃었다.

할머니와 아빠의 형제, 그러니까 나에게 삼촌과 고모들은 한동안 다른 집에 머물렀다. 며칠 뒤 다른 집을 구해 집으로 돌아갔다고 한다. 당시 아빠는 열 살쯤 되었을 거다. 쌀가마 하나에 몇 킬로인 줄 아는가? 당시 쌀 한 가마니는 80kg 정도로, 아주 건장한 남성 한 명쯤 되었다.

"너는 어떻게 그걸 다 들고 나왔니?"

할머니는 아빠에게 물었다고 한다. 나중에 마을 사람들의 이야기를 들어 보니 아빠는 불 속으로 뛰어들어 쌀 창고에서 쌀 세 가마니를 한 번에 양어깨에 짊어지고 나온 후 그대로 기절했다고 한다.

사람이 급하면 인체에서 초능력과 같은 괴력이 나온다고 하는데, 아빠도 가족을 위해 초능력을 잠깐 사용했던 것 같다. 나는 어떤 초능력이 있을까 가끔은 궁금하다.

내가 잉어를 잡지 않는 이유

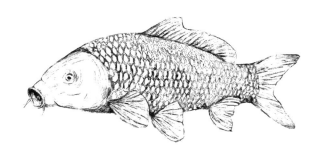

어릴 적 살던 집 앞에는 큰 강 하나가 흘렀다. 강의 깊이는 풍문에 따르면 10m 정도. 한여름에도 물이 굉장히 차가워서 잘 들어갈 수 없는 그런 강이었다. 그 강에는 잉어처럼 큰 어종이 주로 살고 있었다.

한 가지 재미있는 것은 그 강이 홍수 기간이 되면 범람을 하게 되는데 강 옆에 있는 산책로까지 물이 차오른다는 것이었다. 이게 왜 재미있냐면, 산책로까지 물이 차오르게 되면 물속에 있던 물고기들도 덩달아 산책로까지 오는데 홍수가 끝나 물이 빠져나가면 큰 물고기들이 미처 나가지 못해 웅덩이에 갇혀 있는 상황이 생기기 때문이다. 그래서, 홍수가 나면 사람들은 물이 빠지기를 기다렸다가 큰 물고기들을 손으로 주우러 모여들었다.

나도 물고기를 잡기 위해 홍수가 지나간 뒤 강 옆으로 갔고 그날도 여전히 사람들이 많았다. 나도 큰 물고기를 잡을 생각에 들떠 있었다. 주변을 보니 동네 아저씨들이 모여 큰 자루에 한가득 잉어를 주워 담고 있었다. 나도 한 웅덩이에 도착했고 내 허벅지만 한 크기의 잉어가 물에 반쯤 잠겨 입을 뻐끔거리며 나를 쳐다보고 있었다.

'이게 웬 월척인가.'

깊은 강은 언제나 서늘하다

나는 잉어를 손으로 들어 안았고 생각보다 힘이 엄청나게 셌다. 저항이 너무 거세고 크기가 너무 커서 집으로 들고 올 수 없었기에 일단 웅덩이에 다시 내려놓고 집으로 왔다. 채비를 챙겨 나가는 순간 엄마가 물었다.

"어디 가니."

"고기 잡으러 가는데. 저기 웅덩이에 엄청 큰 잉어가 있어."

"그래? 엄마가 파평 윤尹씨인데. 윤씨의 조상이 잉어래. 재미있지?"

"에이. 무슨 물고기가 사람의 조상이야."

사람의 조상이 물고기라니 엄마가 웃기려고 한 소리였을까. 나는 다시 강으로 발걸음을 옮겼고 잉어를 풀어 둔 웅덩이에 도착했다. 여전히 잉어는 뻐끔거리며 날 쳐다보고 있었다. 다시 손으로 들어 올려 내가 가져온 자루에 담으려 했다. 그 순간 엄마가 했던 말이 떠올랐다.

'윤씨의 조상이 잉어래.'

잉어를 가만히 보니 갑자기 뭔가 사람을 닮은 느낌이 들었다. 어디까지나 내 생각이었겠지만. 엄마는 내가 잉어를 잡지 말라는 의도로 말하지는 않았을 것이다. 뭐 그냥 내가 잉어를 잡으러 간다니 지나가는 말로 했으리라. 하지만, 사람의 조상, 그것도 우리 엄마의 조상 격이 되는 잉어를 내가 어찌 잡을 수 있겠는가. 아무리 미신이나 전설이라도 좀 찝찝했다. 나는 아쉬운 마음을 뒤로하고 잉어를 옆 강에다가 풀어 주고 빈손으로 집에 돌아왔다.

집으로 들어와 인터넷으로 윤씨와 잉어에 관한 전설을 찾아보았다. 윤씨의 시조 격이 되는 사람이 연못에서 탄생했고 태어났을 때 온몸에 잉어 비늘을 갖고 태어났다. 전쟁 중 윤씨 가문이 피난을 갈 때 잉어 떼가 도와주었다. 여러 가지 설화들이 나왔다.

이것들은 전설이니 믿거나 말거나.

하지만, 어쨌든 그 뒤로 나는 잉어를 잡지 않는다.

어릴 적 내가 본 인생의 파노라마

사람이 죽기 전에 그 사람이 살아온 인생이 눈앞에 파노라마처럼 펼쳐진다는 이야기가 있다. 내가 여덟 살 때쯤이었을 거다.

유난히 날씨가 좋았다. 청명한 하늘과 따스한 햇살이 아직도 생각이 난다. 나는 아빠, 엄마와 함께 냇가에 놀러 가서 물놀이를 하고 있었다. 물놀이를 하던 중 내가 갖고 놀던 공이 하천 쪽으로 흘러갔고, 나는 공을 잡으러 하천 쪽으로 향했다. 물은 생각보다 깊었다.

'그만 갈까. 하지만 내가 좋아하는 캐릭터가 그려진 공인데...'

중간에 돌아가려고 했지만, 조금만 더 손을 뻗으면 공을 잡을 수 있을 것 같았다. 물은 내 가슴 정도까지 차 있었던 것 같았다. 눈 바로 앞에 공이 보였다. 나는 마지막 한 발자국을 내디뎠다. 그 순간 발이 미끄러지는 듯한 느낌을 받았고 그대로 수면 아래로 빨려 들어갔다.

내 영화는 이때부터 시작했다. 오프닝은 물속으로 들어오는 맑은 햇빛이었고.

나는 어렸을 때부터 자연에서 참 많이 놀았던 것 같다. 자유로운 아빠, 엄마의 기운을 물려받아 밖에서 마음껏 뛰놀며 상상하고 생각하고. 그렇게 놀았다. 성인이 된 지금도 물론 행복하지만, 여덟 살이었던 어린 나이의 내 삶도 참 행복하고 따뜻했다. 내가 그날 물속에서 본 영화의 장르는 드라마? 였던 것 같다. 내가 만났던 사람들이 등장인물로 나왔고, 모두 나에게 행복한 미소를 지어 주었다. 사람뿐만 아니라 강아지, 물고기, 고양이, 뱀, 새 등 수많은 동물도 내 영화에 출연했다. 영화를 보는 내내 나는 너무 행복했다. 따스한 햇살 속에서 웃으며 친구들과 놀고 있는 나의 모습을 보는 것은 그것만으로 참 즐거웠다.

"아들! 정신차려! 괜찮아? 일어나봐! 아들!"

아빠는 내 목덜미를 잡아 물 밖으로 끌어냈다. 영화는 그렇게 끝났다. 공을 주우러 가던 나는 어느새 물에 빠져 정신을 잃어가고 있었다. 하마터면 나는 물에 빠져 익사할 뻔했다. 정신없던 와중에도 나는 내 옆에 아까 잡으려던 공이 있다는 것을 보고 안도했다.

아직도 그때 본 인생의 파노라마는 내 인생 최고의 영화였다.

나는 지금도 계속해서 그 영화의 뒷부분을 찍으면서 살고 있다. 언제 다시 그 영화를 틀게 될지는 모르겠지만, 그 영화의 내용도 나쁘지는 않을 것 같다.

무언가 수면 밑 발끝에 만져졌다

　20년이 지난 지금까지도 내 발밑에 만져졌던 기묘한 촉감은 아직도 잊을 수 없다.

　어느 여름날, 나는 엄마와 함께 수상스키를 배우러 강으로 놀러 갔다. 물속에서 구명조끼를 입고 들어가 배와 연결된 줄을 잡고 기다리면, 곧 배가 출발한다. 그러면, 나는 줄을 당기는 힘으로 일어서서 스키를 타면 되었다.

내 차례가 되었다. 두려움 반, 설렘 반으로 강물로 뛰어들어 배와 연결된 선을 잡고 기다리고 있었다. 강물은 그렇게 깊지 않았고, 나는 강물의 바닥을 까치발로 딛고 서서 신호를 기다리고 있었다.

그때였다. 내 오른쪽 발가락 끝으로 무언가 미끌미끌 한 것이 수면 밑으로 느껴졌다.

'뭐지?'

최대한 예민한 감촉으로 수면 밑을 발가락으로 더듬기 시작했다. 미끌미끌한 감촉과 군데군데 거친 느낌.

'털인가? 비늘인가? 동물? 물고기? 나뭇가지? 수초? 아니면...'

오만 가지 상상을 하며, 발가락으로 정체 모를 것을 더듬고 있었다. 동물의 사체라고 하기에는 너무 미끄러웠고, 물고기의 사체라고 하기엔 너무 컸다. 나뭇가지라기엔 너무 물컹했다. 수초는 아닌 것 같았다.

그러면 혹시... 사람의 사체일까?

너무 온몸의 소름이 돋아 당장 물 밖으로 뛰쳐나가고 싶었지만, 무엇인지 알아내려는 나의 호기심은 공포를 초월했다. 도저히 감이 잡히지 않는 촉감이었다.

"자! 배 출발합니다!"

그 순간, 배는 출발했다. 나는 강 한 바퀴를 신나게 돌고 선착장으로 돌아왔다. 잠시 기쁨에 도취되어 촉감을 잊었다가 내가 출발했던 그 장소를 강물 밖에서 보니 다시 촉감이 떠올랐다. 조금 더 배가 늦게 출발했더라면 무엇인지 알아낼 수 있었을까?

무엇인지 정체 모를 것을 품고 있는 강은 노을빛을 받아 반짝이고 있었다.

굳이 다시 들어가 불쾌한 촉감을 다시 느끼고 싶지는 않았다. 나는 장비를 챙겨 엄마와 함께 집으로 향했다.

홍수가 나면 썩은 다리로 간다

　춘천에는 썩은 다리로 불리는 아주 오래된 관리가 되지 않는 다리가 있었다. 확실치 않은 풍문이었지만, 일제 강점기에 건설이 되었다고 들었다. 지금은 물론 철거가 되었지만.

　다리의 길이는 약 10m 정도였던 것 같고, 이곳저곳이 부식되어 정말 주저앉기 직전이었다. 관리가 전혀 되지 않아 말

그대로 다리는 검은색이었다. 다리 밑으로는 좁은 폭의 하천이 흐르고 있었는데, 평소에는 물이 맑다가 홍수가 나면 유속이 빨라지며 상류에서 흙이 같이 휩쓸려 내려와 물이 붉게 변하였다.

홍수가 나면 나와 아빠는 족대를 챙겨 썩은 다리로 향했다. 홍수가 나서 썩은 다리 밑으로 붉은 물이 지나가기 시작하면, 엄청난 물고기 떼가 이곳에서 잡히기 때문이다. 그 많은 물고기들이 어디서 온지는 모르겠다. 족대로 붉은 물의 아무 곳을 훑으면 훑을 때마다 30~40마리가 되는 물고기들이 잡혔다. 마치 수족관을 뜰채로 떠올리는 듯 다양한 민물고기들이 섞여 있었다. 때때로, 운이 좋으면 그 비싸다는 뱀장어도 잡을 수 있었다.

사실 붉은 강에서 비 오는 날 족대로 물고기 잡는 것은 위험한 일이었다. 언제 불어날지 모르는 가늠할 수 없는 수심과 빠른 유속, 무엇을 숨기고 있는지 모를 붉은 강 그리고 당장 주저앉아도 이상하지 않을 썩은 다리. 그 강물 한가운데 들어가 썩은 다리 밑에서 족대를 들고 잡은 물고기들을 보며 신나하던 어린 시절 나의 모습은 꽤나 위태로웠던 것 같다.

근장

어디에든 삶은 있다

강아지에게 물렸을 때 치료법

아주 어렸을 적 나에게는 하얀 털복숭이 강아지가 있었다. 사실 키웠다기보다는 엄마가 어디서 잠깐 맡아 준다고 해서 데려온 강아지였다. 무슨 종이었는지도 잘 모르겠다. 이름도 잘 생각이 나지 않는다. 크기로 보아 아직 새끼인 것 같았다.

어느 날, 강아지를 데리고 놀다가 내가 너무 짓궂게 굴어서

깊은 강은 언제나 서늘하다

인지 나는 강아지에게 손가락을 물렸다. 열이 올라, 어린 마음에 강아지를 데리고 밖으로 나가 나에게 이렇게 못되게 굴면 밖에다가 버릴 거라고 윽박질렀던 것 같다. 그리고 겁준다고 강아지를 들어 올려 말 안 들으면 확 던져 버릴 거라고 경고하며 이리저리 데리고 다녔다. 뭐 사실 내 입장에서 윽박지르고 경고를 했던 거지 강아지 입장에서는 그저 어린아이랑 같이 장난을 치며 노는 것이었을 거다. 왜냐하면 계속해서 자기가 물었던 내 손가락을 혓바닥으로 핥아 주었던 것이 기억이 난다.

강아지를 혼낸 뒤, 할머니에게 가서 강아지에게 손가락을 물렸다고 했다. 그랬더니 할머니는 괜스레 강아지를 데려와 손으로 때리는 시늉을 했다. 그제서야 강아지는 깨갱거리며 세상 서운한 울음소리로 울었다. 할머니는 물린 손가락을 치료해야 한다며 가위를 가져오라고 했다.

'웬 가위?'

할머니는 가위로 강아지 털의 일부를 잘랐다. 그리고 그 털을 라이터로 지진 뒤 내 손가락 위에 올려놓았다. 강아지에게 물리면 나를 문 강아지 털을 불로 지지고 상처 부위에 갖다 대면 병에 걸리지 않는다고 하셨다. 그리고선 할머니는 집에 있던 된장을 내 손에 발라 주셨다. 강아지는 된장 냄새를 맡고 다가와 된장을 핥아 먹었다.

"쑷! 저리 안 가!"

할머니는 손주를 물었던 강아지가 맘에 안 드셨나 보다.

지금 생각하면 의학적으로 효능이 없는 치료법이었던 것 같다. 차가운 된장이 살짝 부은 손가락을 진정시키는 정도만 빼면? 하지만, 내 설움을 알아준 할머니 덕분인지 금세 고통이 가라앉았다.

얼마 뒤 강아지는 자기 주인에게 돌아갔다. 날 물긴 했어도

깊은 강은 언제나 서늘하다

같이 있는 동안은 재미있게 놀았던 것 같다.

지금 그 강아지는 아마도 하늘에 있겠지.

우리 집에 있었던 어항

우리 집에 있었던 어항에는 다양한 생물들이 살아가고 있었다. 피라미, 송사리, 꺽지, 자라, 남생이 등등. 밖에서 잡아 온 민물고기나 생물들을 집으로 가져와 어항에서 기르곤 했다.

어항을 갖는 것은 하나의 작은 세계를 갖는 것과 비슷한 느낌이다. 어항 안에 모래를 깔고 자갈과 돌을 넣으면 그것이 어항 속 생물들의 집이 되었고, 다양한 종의 생물들은 그 속에서 서로 어울리기도 하고 싸우기도 하고 잡아먹기도 하며 하나의 생태계를 이루었다.

가끔은 내가 잠든 사이에 어항 밖으로 튀어나온 물고기가 어항 밖에서 말라 죽는 경우가 있었다. 때로는 어항 속 상위 포식자, 이를테면, 자라나 남생이 혹은 꺽지와 같은 생물들이 하위 생물들을 잡아먹어 내가 아끼던 것들이 자고 일어나면 사라진 경우도 있었다.

어렸을 때 TV에서 방영되던 동물의 세계와 우리 집에 있던 어항의 생태계를 보면서 어렴풋이 사회에 대해 생각했던 것 같다. 나도 어찌 보면 저 어항 속을 살아가는 생물일 텐데. 나는 어떤 역할이며, 앞으로는 어떤 역할을 맡게 될까.

남을 잡아먹는 포식자? 남에게 잡아먹히는 먹이? 아니면 먹이사슬과는 관계없는 모래나 자갈?

그것도 아니면 내가 속한 세상을 거부하고 어항 밖으로 뛰쳐나간 물고기?

왠지 어항 밖으로 뛰쳐나간 물고기가 마음에 쓰인다.

박쥐

박쥐를 실제로 본 적이 있는가? 배트맨이나 드라큘라처럼 박쥐를 모태로 만들어진 캐릭터는 많이 봤어도 막상 야생박쥐를 실제로 보는 일은 쉽지 않을 것이다. 물론, 나 역시도 박쥐를 실제로 보고 싶었지만 볼 수가 없었다.

새벽 세 시경이었다. 아빠가 나를 다급하게 깨웠다. 나는 잠이 덜 깨어 아빠가 부르는 쪽으로 갔다.

"찌익! 찌익!"

무언가 날카롭게 쥐처럼 울어댔다. '우리 집에 저런 동물이 있었나?' 하는 찰나 아빠가 검은 물체를 손으로 잡아 나에게 보여 주었다.

박쥐였다.

나는 잠이 확 깼다. 그리곤, 아빠가 잡은 박쥐를 살펴보았다. TV에서 보던 그대로였다. 퇴화된 눈. 쫑긋 솟아 있는 귀. 돼지처럼 납작한 코. 그리고 몸통과 팔 사이에 붙어 있는 날개.

내가 어느 정도 박쥐를 감상하고 나서야 아빠는 박쥐를 다시 창문 밖으로 놓아주었다. 어떻게 잡았는지 물어보았다. 아빠도 잠에서 깨어 화장실을 가려던 중 무언가가 날카롭게 우는 소리가 들려 베란다로 가 보았다고 한다. 우리 집 창문에 설치된 방충망 사이에 박쥐가 껴서 날아가지 못하고 힘이 빠져 지쳐 있던 것.

우리 집 뒤에는 산이 있었는데 그리 높지는 않았지만 그 산에는 동굴이 많았다. 아마 동굴에서 사는 박쥐가 먹을 것을 찾아 인근 지역으로 날아온 것 같았다.

박쥐도 박'쥐'라서 쥐처럼 찌익! 찌익! 울었던 걸까.

개미

　베르나르 베르베르 덕분이었을 거다. 내가 초등학교 때, 일
명 '개미 붐'이 일었다. 나를 비롯한 당시 대부분의 초등학생
들의 집에는 베르나르 베르베르의 책, 《개미》는 기본적으로
있었고 당시 시중에는 개미를 키울 수 있는 키트도 팔았다.
친구 집에 놀러 갔을 때 키트 안에서 멋지게 왕국을 만들어
놓은 개미들의 모습을 보고 한눈에 반해 엄마한테 키트를 사

깊은 강은 언제나 서늘하다

달라고 말했다. 엄마는 흔쾌히 사 주었다.

　일단, 개미를 키우기 위해 키트를 세팅하고 야생 개미를 잡아서 그 안에 넣어야 했다. 집 앞에 풀숲으로 가 닥치는 대로 개미들을 잡아서 키트 안에 넣어 놓았다. 일부러 일을 잘할 수 있도록 좀 큰 개미들을 잡아 왔던 것 같다. 개미들은 일주일이 지나자 금세 자신들의 왕국을 건설했고, 그럴듯한 모양새가 갖추어지고 있었다. 나는 흐뭇하게 개미들의 왕국의 주인이 된 마냥 그들을 매일매일 지켜보았다.

　나는 더욱더 개미왕국을 잘 보기 위해 거실에 놓여 있던 키트를 내 방 책상 위로 옮겼다. 스탠드를 켜 놓고 자기 전에 열심히 일하는 개미들을 보는 것은 하루의 낙이었다.

　그날도, 열심히 개미를 보고 있었다.

　"탁! 촤르르."

책상 위에 위태롭게 놓여 있는 개미 키트는 나의 실수로 땅바닥에 떨어졌고 키트가 박살남과 동시에 그 안에 있던 개미들이 땅바닥에 흩어졌다. 아찔했다. 이걸 다 어떻게 치운단 말인가. 일단, 급한 대로 흙을 쓸어 담고 이리저리 흩어지고 있는 개미들을 쓰레받기로 모았다. 몇 마리인지 셀 수는 없었지만 꽤나 많았던 것 같다. 그렇게 나의 왕국은 한 달여 만에 박살이 나고 말았다.

잡았던 개미들은 다시 집 앞에 풀어 주었다. 뭐 여전히 내 방에 돌아다니고 있을 개미들도 있겠지만 그건 어쩔 수 없다.

이상하게 그날 이후로 잠을 자고 나면 귓속과 콧속이 간지러웠던 것은 내 생각이었을까.

비밀의 연못

　나는 아빠, 엄마와 물고기를 잡아 집으로 돌아오던 길이었다. 그날, 우리가 평소가 이용하던 도로는 공사 중이어서 다른 도로를 이용해서 집으로 돌아가야 했다. 다른 도로는 비교적 외진 곳에 나 있는 길이었고, 사람들이 별로 이용하지 않는 길이었다. 아빠는 차를 그 도로로 돌렸다. 아마, 석양이 넘어가고 어둑어둑해질 때였던 것 같다. 커브 길을 꺾는 순간 묘한 느낌의 연못이 저 멀리 보였다.

숲속에 비밀스럽게 놓여 있는 장소 같았다. 마치, 아무도 발견하지 못한 그런 비밀의 연못. 무언가 사연이 있는 듯한 연못. 날이 밝으면 꼭 다시 오리라는 다짐을 했다.

다음 날, 나는 아빠와 함께 어제 본 연못으로 향했다. 궁금해서 미칠 것 같았다. 연못은 어떻게 생겼는지. 연못에는 뭐가 사는지. 연못은 얼마나 깊은지.

나와 아빠가 도착했을 때는 낮이었다. 연못은 역시나 신비로운 기운이 흘렀다. 성인의 허리까지 오는 정도의 깊이. 속이 훤히 들여다보이는 맑은 물. 이끼와 각종 푸르른 나무와 풀로 둘러싸인 연못은 마치 신화에 나오는 장소 같았다. 나와 아빠는 연못에 무엇이 살고 있는지가 제일 궁금했다. 비밀스러운 연못에는 뭔가 비밀스러운 생명체가 살고 있지 않을까라는 기대감이었다.

그래서 우리는 그곳에 어항을 설치했다. 무엇이 살고 있는지 알아보기 위한 탐사용이었다. 두세 시간 정도 다른 곳에서 시간을 보내다 연못으로 돌아왔고 어항을 꺼낸 우리는 놀라지 않을 수 없었다.

대략 20마리 정도였을 거다. 붉은 가재가 바글바글 어항 안에 넣어 놓은 먹이 주변에 가득 모여 있었다. 가재가 이렇게 많이 잡히는 것을 본 적이 있었을까. 아니, 그 전에 가재를 이렇게 가까이서 본 적도 많이 없었던 것 같다. 이후로 나와 아빠는 시간이 날 때마다 그 연못에 어항을 설치했고 그때마다 가재들을 한 움큼씩 잡을 수 있었다. 가재를 잡아 온 우리는 집으로 가져와서 튀겨 먹고, 끓여 먹고, 쪄 먹고 다양한 방법으로 가재 요리를 해 먹었다.

그날도 우리는 맛있는 가재 요리를 기대하며 연못에 어항을 설치했다.

갑자기 무슨 일이었을까. 어항이 비어 있었다. 그 전날까지 바글바글했던 어항이 비어 있었다. 우리가 그 연못에 있던 가재들을 다 잡았던 걸까. 그렇다면 왜 갑자기 그날부터 하나도 안 잡히기 시작한 걸까. 점점 줄어들었던 것도 아니고.

그 다음 날도. 다다음 날도. 우리가 설치한 어항은 계속해서 비어 있었다. 비밀스러웠던 연못의 신기한 경험은 신기했던 만큼 갑작스럽게 끝나게 되었다.

어항이 비어 있기 시작한 얼마 뒤부터 아빠와 나는 한동안 그 연못에 가지 않았다. 그 후로 가끔씩 연못을 지나다니면서 옛날에 먹었던 가재 요리를 떠올릴 뿐.

그만큼 잡았으면 충분히 잡았으니 그만 잡으라는 산신령님의 메시지였던 것일까.

깊은 강은 언제나 서늘하다

무서운 민물고기들

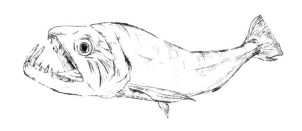

    물고기도 사람을 공격한다는 사실을 아는가? 물론, 상어나 성격이 사나운 거대한 물고기들이 사람을 잡아먹는다는 사실을 잘 알겠지만, 민물고기 중에서도 위험에 처하면 사람을 공격하는 물고기들이 있다. 최소한 내가 공격 당한 물고기들을 말해 보겠다.

공격하는 방법에 따라 민물고기를 두 종류로 나눠 본다. 가시로 공격하는 물고기와 입으로 공격하는 물고기.

첫 번째, 가시로 공격하는 물고기들의 이름을 대 보자면, 빠가사리, 퉁가리, 쏘가리, 꺽지.

이들은 등 지느러미 혹은 양옆 지느러미에 날카로운 가시가 달려 있어 생명의 위협을 느끼면 가시로 상대방을 공격한다. 그래서, 상위의 물고기를 잡는다면 가시의 반대 방향으로 몸을 잡아서는 안 된다. 잘못 쏘이면 손에서 피가 날 수 있다. 만약 쏘인다면 생각보다 부기가 심해지고 통증은 오래간다.

두 번째, 입으로 공격하는 물고기들의 이름을 대 보자면, 미꾸라지, 뚝지, 가물치.

이들은 다시 두 부류로 나뉜다. 미꾸라지는 흡입하는 식으로 상대방에게 고통을 준다. 미꾸라지를 꽉 잡아 위협을 주면 몸에서 미끌미끌한 진액을 흘려보내 마찰을 줄여 도망간다. 하지만, 진액이 나와도 여전히 꽉 잡고 있다면 입을 이용해서 강력하게 피부를 흡입하여 고통을 준다. 뚝지와 가물치는 위험에 처하면 그냥 깨물어 버린다. 나도 이 둘에게 물려 본 적이 있다. 엄청 아프다기보다는 느낌이 이상해서 소름이 끼친다.

특히나, 가물치 같은 경우는 힘이 세서 물가에 놀던 어린아이를 낚아채서 물속으로 들어갔다는 소문이 예전부터 있었다. 믿거나 말거나지만.

지렁이도 밟으면 꿈틀한다. 민물고기도 위협하면 공격한다.

민물에도 무서운 생물들이 많으니 신경을 거슬리게 하지 않도록 조심하는 게 좋겠다.

햄스터

찹쌀 모찌처럼 동그란 햄스터는 너무 귀엽다. 하지만, 어렸을 적 햄스터의 습성을 보고 충격을 받은 일이 한 가지 있다.

나도 햄스터를 키우고 싶었다.

어느 날 엄마는 엄마의 친구가 햄스터를 키우고 있는데 새

깊은 강은 언제나 서늘하다

끼를 너무 많이 낳아 한 마리를 데려왔다고 했다. 나는 너무 행복했다. 털색은 갈색과 흰색이 적절하게 혼합된 색이었고 크기는 찹쌀떡(모찌)만 했다. 그래서 햄스터의 이름은 모찌로 지어 주었다. 손바닥 안에 포근히 안겨서 자는 모습을 보고 있자면 마음이 편안해졌다.

엄마는 햄스터를 준 엄마의 친구 집에 놀러 간다고 했다. 엄마는 엄마 친구의 집에는 여전히 햄스터의 새끼들이 많을 테니 보고 싶으면 따라오라고 했다.

'너무 귀여워.'

한 여덟 마리쯤 되었던 것 같다. 어미로 보이는 햄스터 주변에 새끼들이 잔뜩 모여서 체온을 유지하고 있었다. 나는 해바라기씨와 각종 견과류를 새끼들에게 적절히 배분하고 있었다. 조금 이따가 엄마의 친구는 햄스터 우리로 다가와서 새끼들을 다른 우리에 옮겨 놓았다. 나는 궁금했다.

"왜 새끼들을 어미랑 같이 두지 않는 거예요?"

"그게 말이야."

엄마의 친구는 잠시 머뭇하다 말을 이었다.

"어미 햄스터가 외부인이 오거나 스트레스를 받으면 자기 새끼를 물어서 죽이는 경우가 있어. 그래서 좀 잔인한 얘기지만 햄스터 우리가 피범벅이 될 때도 있단다. 그래서 옮겨야 해."

스트레스를 받으면 자기 새끼를 물어 죽여 버리는 어미 햄스터라니. 생물이 본능적으로 위협을 느끼면 자식을 죽인다는 얘기는 얼핏 듣기는 했다. 하지만, 이렇게나 귀여운 어미 햄스터가 자신의 새끼들을 물어 죽여 우리를 피범벅으로 만든다니. 잠깐 상상을 해 보았다.

하얀 털과 입 주변에 잔뜩 묻은 피. 그런데 그 피가 자신의 새끼를 물어 죽인 흔적이라면. 햄스터가 여전히 귀엽게 보일까.

깊은 강은 언제나 서늘하다

나는 집으로 와서 모찌를 보며 말했다. 나는 스트레스를 받아도 널 죽이지 않으니 걱정하지 말라고.

모찌는 편안하게 잘 살다가 수명이 다하고 하늘로 떠났다.

방생放生

　어릴 적 들었던 전래동화 중에 자신이 그물로 잡은 물고기를 놓아준 어부의 이야기가 있었다. 놓아준 물고기는 어부에게 은혜를 갚기 위해 소원을 들어주고 금은보화를 어부에게 가져다주었다는 이야기.

　우리 집에 있던 어항에는 참으로 다양한 생물들이 있었다.

그중 남생이는 꽤나 컸고, 어항에 들어 있기에는 슬슬 무리가 올 정도로 성장했다. 하긴, 내가 키우면서 남생이가 등껍질을 탈피하는 과정을 꽤나 많이 봤으니 그때마다 크기가 커져 어항도 작은 공간이 된 것이다.

이제 남생이를 자연으로 놓아줄 때가 다가오고 있었다. 좀 아쉬웠다. 매일 멸치를 주며 등껍질 사이로 튀어나오는 머리와 다리를 만져 주었던 기억들이 스쳐 갔다. 그러다가 몇 번 손가락을 물리기도 했지만. 하지만, 남생이가 편하게 살게 하기 위해서는 비좁은 어항보다는 드넓은 자연이 훨씬 더 좋을 것이다.

나는 남생이를 봉지에 담아 엄마와 함께 남생이가 살아가기에 적합해 보이는 한 숲속의 하천으로 갔다. 남생이를 하천에 풀어놓자 처음에는 어리둥절하더니 곧이어 저 멀리 하천으로 멀어졌다.

'잘 살으렴.'

나는 금은보화를 어부에게 가져다준 물고기처럼 내가 풀어
준 남생이가 나에게 어떤 대가를 가져다주기를 바라지는 않
았다. 그저 행복하게 지금 살던 것처럼 자신의 삶을 살기를
바랐을 뿐.

지금쯤이면 거대한 남생이가 되어 하천의 생물들을 지키는
영물이 되어 있지 않을까.

깊은 강은 언제나 서늘하다

도깨비불

강원도 춘천의 한 시골 마을 주변에는 도깨비불이 나타난 다는 소문이 있었다. 밤이 되면 멀리서 번쩍번쩍거리며 빛이 떠돌아다닌다는 괴담.

나와 아빠, 엄마, 그리고 삼촌의 가족은 이러한 괴담이 도 는 곳에 밤낚시를 하러 갔다. 사실 나는 은근히 기대를 했던 것 같다. 가족들이 다 같이 갔기 때문에 무섭기보다는 도깨비불의 정체를 밝혀낼 수 있을 것이라는 기대감 말이다.

밤낚시를 할 때는 물고기가 미끼를 문 것을 확인하기 위해 낚싯대 맨 끝에 조그마한 형광색 케미를 설치한다. 케미가 흔들리면 물고기가 미끼를 물었다는 것이므로 힘껏 낚싯대를 낚아채 줄을 감으면 된다. 하지만, 그날 내 관심은 케미가 아니라 내 주변에 혹시나 나타날지 모르는 도깨비불에 있었다.

'언제 나올까.'

나는 한동안 깊은 숲속을 바라보고 있었다. 어둠 속을 오랫동안 바라보다 보면 착시현상 때문에 사람과 비슷한 형상의 물체들도 사람같이 보이는 경향이 있다. 눈을 감았다 뜰 때마다 여러 사람들이 서 있었다. 그럴 때마다 눈을 잠깐 감았다가 다시 그곳을 살펴본다. 역시 소문은 소문일 뿐이었을까. 도깨비불 같은 것은 없었다.

그날따라 물고기도 잡히지 않아 나는 의자에 앉아 그냥 멍하게 있었다. 그때였다. 저 멀리서 희미하게 불빛들이 반짝반짝이는 것이었다. 너무 미세해서 처음에는 헛것을 본 줄 알았다. 그냥 멍하게 그곳을 바라보고 있었는데 주기적으로 불빛이 반짝반짝했다.

'뭐지?'

나는 그제서야 정신이 번쩍 들어 불빛이 빛나고 있는 숲으로 향했다. 도깨비불에 홀린다는 얘기가 그런 거였을까. 나는 불빛을 향해 두려움도 없이 다가가고 있었다.

반짝반짝.

분명 나는 헛것을 보고 있는 게 아니었다. 진짜 도깨비의 장난일까. 하지만, 내가 가까이 다가가자 불빛은 어느새 사라지고 없었다.

'역시... 헛것이었나.'

그 순간,

반짝반짝.

바로 내 옆에서 불빛이 났다. 뭐였을까?

　도깨비불의 정체는 바로 반딧불이였다. 나는 신기해서 계속 보았다. 내가 옆에 있다는 게 느껴져서인지 반딧불이는 빛을 간헐적으로 내보내고 있었다. 나는 최대한 숨죽이고 있었다. 반딧불이라는 존재를 교과서에서만 배웠지만 이렇게 실제로 눈앞에서 보는 건 처음이었다.

　꽤나 낭만적인 밤이었다.

　　　　　　　깊은 강은 언제나 서늘하다

다슬기잡이

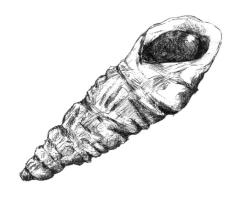

해마다 여름철이 되면 사람들은 다슬기를 잡으러 강으로 모여든다. 다슬기는 맛이 좋고 건강에도 좋은 건강식이라 인기가 많다.

하지만, 문제는 다슬기잡이를 하다가 매년 많은 사람들이 강물에 빠져 익사를 한다는 점이다. 다슬기는 빛을 싫어하기 때문에 보통 햇빛이 잘 들지 않는 바위 밑에 서식한다. 그래서, 다슬기를 잡는 사람들은 더 많은 다슬기를 잡기 위해 햇빛이 들지 않는 바위로 접근하게 되고, 미처 깊이를 생각하지 않은 채 계속 나아가다 깊은 물에 빠져 사고로 이어지는 것이다.

나도 어렸을 적 다슬기를 잡기 위해 무턱대고 강물에 들어갔다가, 햇빛이 들지 않는 깊은 수면 속으로 빠질 뻔한 적이 여러 번 있다.

다슬기는 잡식성이다. 보통은 바위에 붙은 이끼를 먹지만, 물고기나 새우 등의 사체와 같은 소위 '강의 찌꺼기'를 먹기 때문에 강의 청소부라는 별명을 갖고 있다.

다슬기잡이를 하다가 익사한 사람들의 뉴스가 매년 여름 TV를 통해 흘러나온다. 다슬깃국을 먹으며 그 뉴스를 보고 있노라면 살이 통통하게 오른 다슬기가 뭘 먹고 자랐는지 묘한 기분이 들 때가 있다.

깊은 강은 언제나 서늘하다

투명 물고기

'이게 뭐지?'

어느 날, 하천에서 물고기를 잡았는데 몸속이 다 들여다보였다. 나는 그 물고기를 땅으로 가져와서 자세히 살펴보았다. 뼈, 내장, 눈알 등 몸속이 훤히 들여다보였다. 겉모양만 보자면 흔히 하천에서 잡히는 송사리나 피라미와 닮아 있었다. 하지만, 속이 훤히 들여다보인다니.

　'논에서 흘러들어 간 농약 때문에 기형이 발생한 걸까? 방사능? 변종 물고기? 전설의 물고기? 전 세계 학회에 보고되지 않은 신종 물고기?'

　집에 있는 어항에서 키울까를 수백 번을 고민하다 결국 다시 잡은 곳에 놓아주었다. 뭔가 정상적이지 않은 기형이나 장애와 같은 문제가 있는 물고기라고 생각했기 때문이었다.

　이후 몇 번을 더 그곳을 가서 물고기를 잡았는데 투명 물고기들은 계속해서 잡혔다. 투명 물고기들이 번식을 하여 그곳에 터전을 이룬 것 같았다. 굉장히 찜찜했다. 강물이 오염된 것 같은 기분이 들었다.

　하지만, 나중에 알고 보니 그 물고기들은 변종도 아닌, 기형이나 장애를 가진 물고기도 아닌 열대어의 한 종류였다. 아마 투명 물고기를 키우던 누군가가 하천에 방류했던 것 같다.

내가 처음 보는 모르는 대상을 마주하자 문제가 있다고 판단한 내 자신을 보며 많은 생각을 하게 되었다.

다르다고 틀린 것이 아니다.

머리만 남은 물고기들

전날 설치해 놓은 그물을 걷으러 가는 것은 마치 복권의 당첨번호를 확인하러 가는 것처럼 설레는 일이다. 어떤 물고기들이 걸려 있을까? 아주 커다란 월척이 걸려 있을까? 온갖 상상을 하며 강에 있는 그물을 건져 낸다.

'이게 뭐지?'

그날도 아빠와 나는 강에 설치해 놓은 그물을 건져 올렸다. 반쯤 걷어 올렸을 때, 그물에 걸린 물고기들이 보이기 시작했다. 설레는 마음으로 그물을 당기고 있었는데, 자세히 보니 그물에 걸려 있는 것은 바로 물고기의 머리들이었다. 몸통은 잔인하게 뜯겨 나간 채 머리만 덩그러니 그물에 얽혀 있었다. 머리만 덩그러니 매달려 있는 그물을 보고 있자니 참으로 놀라웠다. 이게 무슨 일인가. 언젠가 영화에서 괴물이 사람을 몸통을 잔인하게 찢어 죽여 몸통의 반이 날아갔던 장면을 봤던 것 같다.

그 강에는 괴물이라도 사는 걸까? 괴물이든 아니면 어떤 생물체이든 그물에 걸린 물고기를 따 먹은 것이 분명했다.

며칠 뒤에 다시 한번 그곳에 그물을 설치해 놓았다. 혹여나 괴물이 다시 나타날까 하는 마음에. 확인하고 싶었다.

다음 날 새벽 아빠와 나는 다시 설치해 놓은 그물을 건지러

강으로 갔다. 기대 반. 두려움 반. 아니 두려움이 좀 더 많았던 것 같다. 설치된 그물을 천천히 끌어 올리기 시작했다. 그 순간,

'첨벙!'

저 멀리서 분명 어떤 생명체가 물 밖으로 나왔다가 우리의 움직임을 보고 놀라 물속으로 뛰어드는 듯한 소리였다. 뭘까? 그물에 걸린 물고기들을 잔인하게 훼손한 범인일까? 우리까지 해치려고 달려들기 위해 준비하는 걸까? 아빠와 나는 소리가 난 쪽을 살펴보았고, 물개처럼 생긴 머리가 수면 위에 나와서 우리를 쳐다보고 있었다.

아. 저런 걸 보고 물귀신을 봤다는 소문이 만들어지는구나. 얼핏 보면 긴 생머리의 여자가 물에 홀딱 젖은 채 강 한가운데에서 우리를 노려보고 있는 것 같았다. 나는 너무 소름이 돋아서 온몸을 바르르 떨다가 눈을 질끈 감았다. 이내 아빠가 부르는 소리에 다시 눈을 떴다. 괴이한 형체는 여전히 서 있

었다.

'수달이구나!'

아빠는 수달이라고 했다. 그물에 걸린 물고기를 뜯어먹었던 것의 정체는 바로 수달이었다.

'TV에서만 보던 그 수달?'

내가 쳐다보자 수달도 내가 신기했던 듯 한참을 쳐다보다 이내 물속으로 숨어들어 갔다. 그날 걷은 그물에도 여전히 수달이 먹다 남은 생선 대가리만 주렁주렁 달려 있었다.

참 배부르게도 먹었겠다.

애벌레 비

　내가 초등학교 6학년? 때였던 것 같다. 매미가 울어대는 무
더운 여름으로 기억한다.

　학교에서 집으로 가는 길은 거친 하얀색 시멘트로 포장이
되어 있었고, 길 주변에는 나무와 잡초가 무성하게 자라 있었
다. 집으로 가는 길은 언제나 나에게는 다양한 생물들을 만날

　　　　　　　깊은 강은 언제나 서늘하다

수 있는 놀이터였다. 그날도 바로 집으로 돌아가지 않고 길을 벗어나 숲으로 향했다. 나무와 강 주변을 돌아다니며, 새로운 생물들을 찾고 있었다. 그러던 중 한 나무를 발견했고, 나무에는 엄청난 수의 애벌레들이 붙어 있었다. 애벌레들은 화려한 색깔로 치장하고 있었고 온몸에는 털이 나 있었다.

언젠가 책에서 읽은 적이 있다. 화려하고 털이 많은 애벌레는 독이 있다고. 나는 그것들을 만지지 않고 눈으로만 보았다. 사실, 엄청난 수의 애벌레들이 나무 전체를 둘러싸고 있어 압도되었던 것 같다.

며칠 뒤였다. 나는 여느 때처럼 시멘트 포장길을 따라 집으로 걸어가고 있었다. 하지만, 어느 지점부터 몸이 터진 애벌레들이 군데군데 보이기 시작했다. 내가 며칠 전 보았던 애벌레들이었다. 아마, 차들이 지나다니면서 바닥에 있던 애벌레를 터트렸던 것 같다. 꽤나 많은 집단을 이루어 길에서 움직이고 있었다. 나는 애벌레를 밟지 않기 위해 애를 썼지만, 포장길의 코너를 돌자 시멘트가 새카맣게 변할 만큼 많은 수의 애벌레들이 길을 채우고 있었다. 꿈인지 생시인지 구별이 안 될 정도로 신기한 광경이었다.

집에 돌아와 신발을 닦았다. 애벌레들을 피하느라 애썼음에도 내 신발 바닥에는 애벌레의 체액으로 보이는 것들이 잔뜩 묻어 있었다. 나는 집으로 돌아오면서 보았던 애벌레들에 대해 엄마한테 말했다. 그러자 엄마는 뉴스에서 애벌레에 대해 나왔다고 했다.

그날 나는 직접 그 뉴스를 듣기 위해 9시 뉴스가 TV에서 흘러나올 즘 TV 앞에 앉았다. 정확하게 기억은 안 나지만, 중국인지 미국인지 아무튼 해외에서 건너온 나방의 유충들이 집단으로 번식하여 강원도 일부 지역에 퍼지고 있다고 했다. 유충들은 농작물들을 갉아 먹어 농민들이 피해를 입고 있다고 했다. 더 충격적이었던 것은 바람을 타고 이동하는 애벌레 떼들이 하늘에서 내리는 일명 '애벌레 비'도 관찰된다고 했다.

상상만 해도 끔찍했다. '애벌레 비'라니. 내가 본 애벌레들도 비처럼 내려서 자리를 잡은 걸까? 내 머리 위로 애벌레들이 떨어지지 않기만을 바랐다.

나는 그 애벌레가 해충이라는 것을 알게 된 이후로, 친구들과 함께 집으로 가면서 보이는 족족 애벌레들을 죽였다. 한동안 신발이 깨끗할 날이 없었다.

얼마 후, 애벌레들도 차츰 모습을 감추기 시작했다.

3장

어쩌면 가장 두려운 것은
가까운 곳에

깊은 강은 서늘하다 1

사람이 빠졌다. 저 멀리 강에서 사람이 허우적대고 있었고,
여기저기에서 비명이 터져 나왔다.

"어머 어머. 어떡해."

그 사람의 부인으로 보이는 여자는 육지에서 계속 울부짖

깊은 강은 언제나 서늘하다

으며 주변 사람들한테 도와달라고 말했다. 몇몇 사람들은 물에 빠진 사람을 구해 내기 위해 물로 뛰어들었다. 하지만, 물에 빠진 사람은 삽시간에 물 밑으로 사라졌고 사람들은 사라진 주변으로 모여들었다.

119구조대가 도착하였다. 전문가로 보이는 듯한 구조대원들은 일반인들을 물에서 나오게 한 뒤 장비를 장착하고 물속으로 들어갔다. 한 30분쯤 지났을까. 구조대원들은 물에서 무언가를 끌고 나오고 있었다. 사람들이 웅성대기 시작했다. 끌고 나오던 물체는 뭔가 굉장히 하얀빛을 내고 있었다.

아까 울부짖던 여자는 잠시 진정한 듯 보였는데, 구조대원들이 끌고 나오는 물체를 보자마자 날카로운 비명을 지르면서 다시 울부짖기 시작하였다. 성인이 된 지금까지도 그렇게 비극적인 울음소리는 들어 보지 못한 것 같다.

구조대원들이 물에서 끌고 나온 것은 남자의 시체였다. 몸에 이미 상당수의 물을 머금고 있어 퉁퉁 불어 있었고, 핏기가 없어서인지 피부는 너무나도 하얬다. 아니, 창백했다고 하는 것이 더 올바른 표현일 것이다. 구조대원들은 이미 숨통이 끊어져 버린 것이 명확한 그 남자의 몸에 심폐소생술을 하고 있었다. 아마, 유족에 대한 예의였을 것이다. 최소한 살리려는 노력은 했다는.

계속해서 울부짖던 여자는 막상 시체를 앞에 보자 비명소리를 멈추고 이내 말을 하기 시작했다.

"여보. 닭도리탕 먹으러 가야지. 빨리 가자."

여자가 하는 말을 옆에서 듣고 있던 나는 온몸에 소름이 돋았다. 사람이 미치면 오히려 그렇게 되나 보다. 너무 큰 충격이 자신에게 오자 무의식은 방어기제로 환영을 만들어 낸 것 같았다. 사람들은 여자가 걱정되었는지 시체로부터 멀리 데려가려 했다. 하지만, 여자는 사람들의 손을 거부하며 계속

깊은 강은 언제나 서늘하다

하얗게 주검으로 되어 있는 시체에게 말을 걸었다.

　"여기 닭도리탕이 그렇게 맛있대. 별로 안 매워. 자기 매운
거 잘 못 먹잖아."

　여자는 곧이어 정신을 잃어 바닥에 쓰러졌고, 구조대원들
은 여자를 부축하여 앰뷸런스에 태웠다. 물에 빠진 남자도 구
조대원들에 의해 어디론가 실려 갔다.

물고기의 눈을 파내던 한 소녀

　　노을이 지던 날 나는 강가에서 낚시를 하고 있었다. 여섯 마리째 물고기를 건져 올렸을 때 동네의 초등학생들이 내 주변으로 모여들어 무엇을 하냐고 물었다.

　　"뭐 하고 있어?"
　　"나는 낚시하고 있지."

"무슨 물고기 잡아? 와. 한 번 만져봐도 돼?"

나는 물고기를 잡고 있다고 설명해 주었고 아이들은 내가 잡은 물고기들을 보며 갖고 놀아도 되냐고 물었다. 나는 별생각 없이 그들에게 내가 잡은 물고기를 건네주었다.

"야! 너 뭐 해! 징그러워!"

한참을 놀던 중 아이들은 비명을 지르며 도망쳤고 비명소리를 듣고 주변을 살피자 한 소녀만이 남아 있었다. 그 소녀는 내가 잡은 물고기들을 여전히 갖고 놀고 있었는데 한 가지 이상한 점이 있었다. 내가 잡은 물고기들은 하나같이 눈알이 없었다. 그리고, 소녀의 발 옆에는 무언가가 수북이 쌓여 있었는데 자세히 보니 그것은 내가 잡은 물고기들의 눈알들이었다.

소녀는 물고기들의 눈알을 계속 파내고 있었고 그것을 모으고 있었다. 소녀의 친구들은 그녀의 행동을 보고 다 도망갔다. 나는 감정 없이 소녀의 행동을 보고 있었다. 그러자 곧이어 그녀의 엄마로 보이는 듯한 사람이 그녀를 나무라며 빨리 집에 가자고 하며 데려갔다.

"너 이게 뭐야! 빨리 와!"

그녀가 떠나고 나는 그녀가 남겨 놓은 물고기 사체들과 눈알을 내려다보며 묘한 감정에 사로잡혔다. 물고기의 눈부터 시작해서 어디까지 갈까. 나중에는 강아지나 고양이와 같은 동물의 눈. 그 이후에는 좀 더 큰 소나 말과 같은 동물의 눈. 그 다음에는... 혹시 사람의 눈까지도 파고 싶은 욕망이 들지 않을까. 지금은 잘 지내는지 궁금하다. 사실 그녀의 얼굴조차 생각이 나지 않는다. 하지만, 때때로 그녀가 안과의사나 안경사라는 직업을 얻게 되었을지도 모른다는 생각을 해 본다.

깊은 강은 언제나 서늘하다

토끼 뇌의 맛

토끼 뇌는 무슨 맛일지 상상해 본 적 있는가? 아니 그 전에 동물의 뇌를 먹고 싶다는 생각을 해 본 적이 있는가? 내가 어렸을 때 살던 집 앞에는 토끼 요리를 전문으로 하는 식당이 있었다. 그곳에서는 토끼탕, 토끼 샤브샤브 등 토끼로 만든 요리를 팔았다. 뭐 사실 토끼 요리라고 해서 낯설게 느껴지는 거지 토끼라는 단어를 돼지, 소, 닭으로 바꾸면 특별한 식당도 아니었다.

어느 날, TV에서 원숭이 뇌를 먹던 일본인들에 대한 이야기를 보았다. 어린 마음에 좀 무서웠다. 그것도 원숭이가 살아 있을 때 두개골을 열어 뇌를 먹는다는 이야기는 나에게 엄청난 충격이었다.

얼마 후, 아빠와 엄마는 나에게 같이 토끼 요리를 먹으러 가자고 했다. 우리 가족은 집 앞에 있는 토끼 요리 전문점으로 갔다. 아빠, 엄마는 토끼탕을 좋아해서 토끼탕을 시켰고 삼계탕처럼 토끼 한 마리가 탕 안에 들어 있었다.

허벅지, 가슴, 몸통 살을 천천히 먹다가 토끼탕에 반쯤 잠긴 토끼 머리가 눈에 들어왔다. 그러자 문득 며칠 전 TV에서 원숭이 뇌를 먹던 일본인들의 이야기가 생각났다. 나는 문득 궁금해졌다. 일본인들. 특히나 부유한 일본인들이 그렇게 탐낼 정도로 원숭이 뇌가 맛있을까? 그럼 내 눈앞에 있는 토끼

의 뇌는 어떤 맛일까? 순간 죄책감이 들었지만,

'적어도 나는 살아 있는 생물의 두개골을 갈라 먹는 건 아
니잖아?'

나는 토끼의 머리를 가져와서 숟가락으로 조금씩 두드렸
다. 오랜 시간 동안 삶아서인지 두개골은 부드러워졌고 쉽게
깨졌다. 토끼의 두개골이 깨지자 그 안에 있던 뇌가 드러났
다. 생각보다 특이한 모습은 아니었다. 알탕의 곤이 같았다랄
까. 아빠와 엄마는 내가 토끼 두개골을 깨는 것을 보고 아무
렇지도 않게 말했다.

"중국에서는 동물 뇌 요리가 유명해. 토끼 뇌도 맛있단다."

그저 하나의 음식 아닌가? 죄책감은 잠시 접어 두고 토끼
의 뇌를 입안에 넣어 보았다. 내가 엄청난 상상을 하던 것과
는 달리 어디선가 먹어 본 맛이었고 무엇보다 맛있었다. 이때

부터 한동안 나는 토끼 요리 집에 가면 토끼의 뇌를 먹었고, 다른 동물들의 뇌 이를테면, 돼지, 소 등의 뇌도 먹어 보았다. 친구들에게도 조금씩 권해 보기도 했다.

동물의 뇌는 맛있었다.

'뇌를 먹는다'라는 것이 어감이 이상해서 그렇지 생각해 보면 그냥 음식을 먹는 행위였다.

하지만, 역시 조금은 이상하게 들릴 수도 있겠다. 지금은 왜인지는 모르지만 뇌를 먹는 것에 대한 관심은 없어졌다.

깊은 강은 언제나 서늘하다

익숙하던 사람들의 죽음

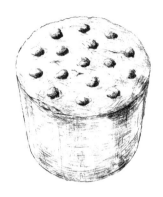

　어렸을 적 내게 '죽음'은 어렴풋하게나마 의미를 아는 단어에 불과했다. 내가 경험해 본 적도 내 주변 사람들도 경험하지 않았기 때문이다. 하지만 그런 내게 불현듯, 두 가지의 죽음이 찾아왔다.

(1)

나는 삼촌과도 물고기를 잡으러 이곳저곳에 자주 다녔다. 물고기를 잡으러 갈 때마다 같이 왔던 삼촌 친구들도 나를 좋아했고 자주 보았던 터라 서로 꽤나 익숙해졌다. 삼촌 친구들 중에는 택시 기사인 A 아저씨가 있었다. A 아저씨는 나와 비슷한 또래의 아들과 딸이 있었고 그래서인지 나를 아들처럼 아껴 주고 재미있게 놀아 주었다.

어느 날, 아빠가 나한테 말해 주었다.

"너 A 아저씨 알지? 그 아저씨 이제 못 볼 것 같다."

못 본다는 의미는 뭘까. 멀리 이사를 간 걸까? 아니면 이제 물고기 잡는 것이 지루해진 걸까? 여러 생각을 하던 중 아빠가 삼촌과 대화하던 걸 듣고서 깨달았다. A 아저씨는 죽었다. 그것도 스스로 목숨을 끊었다. 이야기를 전해 들어 보니 자신이 운영하던 택시 안에서 연탄을 피워 자살을 했단다. 정확히 언제인지는 모르겠지만 IMF 전후였던 것 같은데 A 아저씨도 수입이 변변치 않아 결국 비극적인 선택을 했다고 추정할 뿐.

자살. 스스로 목숨을 끊는 게 가능할까? 어른이 되어서야 자살을 하는 사람들의 심리를 어렴풋이 이해할 수 있지만, 그 당시 스스로 목숨을 끊는다는 것은 도저히 이해가 가질 않았다.

그 뒤로 삼촌의 친구들은 한동안 물고기를 잡으러 오지 않았다.

(2)

아빠는 마음이 맞는 몇몇 사람들과 함께 스쿠버다이빙을
하러 다녔다. 정확히 말하면 물속에 들어가서 작살을 이용해
서 물고기를 잡는 것. 나도 몇 번 따라갔었지만 아직 어렸기
에 아빠는 위험하다고 하여 무릎 정도 깊이. 깊어 봐야 성인
남성 허리 정도 높이가 되는 곳에서 물안경을 쓰고 헤엄을 치
며 물속을 구경할 뿐이었다.

깊은 강은 언제나 서늘하다

강원도 춘천에는 댐들이 많다. 댐 밑에는 물을 방류할 때 와류가 심하다. 그래서 사람들이 접근을 하지 않아 물고기가 꽤나 많이 모여 산다.

그날 나는 가지는 않았다. 아빠는 친구들과 여느 때처럼 스쿠버다이빙을 하러 댐 밑으로 갔고 사고는 발생했다.

"지금부터 방류가 시작되오니 댐 하류에 있는 모든 인원은 대피를 해 주십시오. 다시 한번 안내 말씀드립니다. 지금부터 방류가 시작되오니..."

한참 스쿠버다이빙을 하면서 물고기를 잡던 중 댐에 설치된 스피커에서는 방류를 한다는 방송이 흘러나왔다. 아빠를 포함한 몇몇 친구들은 큰 물고기를 허리춤에 주렁주렁 매달고 하나둘씩 나오기 시작했단다. 하지만, 마지막 친구가 아무리 시간이 지나도 나오질 않았다고.

조금 더 큰 물고기를 잡고 싶었던 걸까? 아니면 방송을 듣지 못했던 걸까? 아빠 친구 B 아저씨는 그렇게 수면 밑에서 한동안 나오지 않았다. 나에게 산소통과 각종 멋진 잠수장비를 자랑하던 B 아저씨는 차가운 수면 아래에서 시체로 발견되었다고 한다.

물론 두 가지 경험을 통해 죽음을 내가 이해한 것은 아니었다. 솔직히 말하면 그들의 죽음을 전해 듣고서 슬프기보다는 묘한 기분만 느낄 뿐. 당연하게 생각되었던 일상에서 그들이 빠지게 되었을 뿐. 나머지 일상에는 큰 변화가 없었다.

너무 죽음에 대해 거창하고 막연하게 생각했었던 걸까. 그냥 이것이 죽음인 걸까.

불현듯 찾아오는 누군가의 부재不在가 죽음인 것 같다.

사슴 피는 몸에 좋다

지금 생각해 보면 아찔한 민간보양식이 있었다. 활동이 왕성한 생물의 피를 마시면 몸에 원기가 돌고 성장 촉진에 도움이 된다는 것이었다. 선지처럼 익은 피가 아닌 생피를 말이다.

강원도 화천에 한 사슴 농장이 있었다. 녹용이나 녹용을 즙내어서 파는 농장이었다. 하지만, 농장에서는 한 가지를 더 팔았는데 바로 사슴 피였다. 뿔이 자란 사슴의 뿔을 자르면 그 사이에서 피가 쏟아져 나오는데 그 피를 그대로 받아 마시면 건강에 좋다는 소문이 있어 항상 사람들이 많았다.

나도 아빠, 엄마와 함께 사슴 피를 마시러 사슴농장으로 갔다. 농장 주인은 뿔이 멋있게 자란 큰 사슴 한 마리를 골라 우리 앞에 데려왔다. 곧이어 일꾼으로 보이는 사람 서너 명이 사슴에 달라붙어 움직이지 못하게 잡고 있었고 뿔을 톱으로 자르기 시작했다. 사슴이 그렇게 고통스러워 보이지는 않았다. 하지만, 잘린 뿔에서 피가 콸콸 쏟아지자 왠지 공포스러웠다.

"빨리 그릇 갖고 오세요."

은색의 양철 그릇을 손님들에게 하나씩 나누어 주었는데 나는 그릇을 들고 사람들 뒤에 줄을 서 있었다. 내 차례가 되자 농장주인 아저씨는 사슴뿔 사이에서 콸콸 흘러내리는 피를 내 양철 그릇에 담아 주었다. 그리고 옆에 있던 일꾼 아저씨가 피로회복제 한 캔을 따서 피가 들어 있는 내 양철 그릇에 같이 넣어 주었다.

"쭉 원샷해. 너 이거 귀한 거다. 아주 튼튼해질 거야."

피로회복제를 넣는 이유는 나중에 알고 보니 피가 응고되는 것을 막고 피비린내를 잡아 준다는 이유에서였다. 왠지 건강이 좋아질 것 같은 분위기 때문에 한 번에 사슴 피를 들이켰다.

이후에도 몇 번을 찾아갔던 것 같다. 하지만, 동물의 피를 생으로 마시면 기생충에 감염될 수도 있다는 의학지식이 퍼지자 그때부터 우리도 사슴 피를 생으로 먹는 일을 멈추었다.

운이 좋게도 나는 사슴농장의 아저씨의 말처럼 아주 건강하게 잘 자랐다. 사슴 피 때문이었을까.

하지만, 사슴 피는 역시 익혀 먹는 게 좋겠다. 아니, 그보다 건강을 위해 굳이 동물의 피를 먹어야 하는지부터 생각해 봐야겠다.

깊은 강은 언제나 서늘하다

뱀 술

    뱀에게는 치명적인 독이 있다. 물론, 뱀도 다양한 종류가 있어서 종류에 따라 독의 치명도는 다르다. 어쨌든, 뱀의 독은 사람의 혈관에 들어가면 피를 굳게 만들어 심하면 사망에까지 이르게 할 만큼 위험하다. 하지만, 독은 양날의 칼이라고 했던가? 벌침이 치료제로 쓰이듯이 뱀독도 치명도를 낮추면 건강에 매우 이롭다는 소문이 있었다.

뱀독의 치명도를 낮추는 방법 중 하나는 바로 뱀으로 술을 담그는 것. 그것도 살아 있는 뱀을 술이 가득한 단지에 그대로 넣어 뱀이 독기를 품고 뿜어내는 독으로 술을 만드는 방법이었다.

우리 집 진열장에도 뱀 술이 있었다. 언제. 누가. 어떻게 만들었는지는 모르는 그런 뱀 술. 언젠가 TV에서 본 적이 있다. 삼 년을 밀봉해 놓은 뱀 술을 먹으려고 술 뚜껑을 열었다가 삼 년 동안 살아 있던 뱀에게 물려 사망했다는 사람의 이야기. 삼년 동안 술 밖으로 보이는 사람을 얼마나 원망했길래 뚜껑이 열리자마자 공격을 했을까.

아빠와 친구들이 우리 집에 모여 뱀 술을 꺼내어 마시는 걸보면서 묘한 긴장감이 돌았다. 술잔으로 뱀독이 가득한 술독의 술을 퍼낼 때마다 혹여나 뱀이 살아나 아빠와 친구들을 공격하지 않을지, 물지는 않을지 말이다.

깊은 강은 언제나 서늘하다

한 시골 마을에 나타난 불새

불새가 나타났다고 했다.

불새가 나타난 뒤로 마을의 한 집과 밭에 불이 났고 마을 사람들은 공포와 분노를 느끼고 있었다. 마을의 이장님은 아빠에게 꼭 불새를 잡게 해달라고 부탁했다. 나와 아빠는 그날부터 강원도 춘천의 한 시골 마을에 나타났다는 불새를 잡기 위해 매일 같이 총을 챙겨 들고 산을 누볐다.

마을 사람들이 우리에게 돈을 준 것도 아니었다. 그냥 궁금하지 않은가? 정말 불새가 존재하는지. 한 번 눈으로 확인해 보고 싶었다. 온몸이 활활 타오르는 불로 뒤덮여 있을까? 크기는? 불새를 목격했다는 마을 사람들의 증언을 들으면 온몸이 불로 뒤덮여 붉은빛을 내고 잡지 못할 정도로 빠른 몸놀림으로 이곳저곳을 돌아다닌다고 했다.

일주일쯤 지났다. 나와 아빠 그리고 마을 사람들은 그날도 산을 누비고 있었다.

"불새다!"

마을 사람 한 명이 소리 질렀고 그 근처 나무에는 붉은빛을 내는 새 한 마리가 나무 위에 앉아 있었다. '불새다!' 생각하는 순간,

"빵!"

아빠는 방아쇠를 당겼고 새는 총을 맞고 땅에 떨어졌다. 나와 마을 사람들은 웅성대며 새 주변으로 모여들었다. 불새는 어떻게 생겼을까?

엄청난 기대와는 다르게 아주 평범한 새빨갛고 귀여운 새였다. 우리나라 전역에서 쉽게 볼 수 있는 '호반새'. 이런 새 때문에 마을에 불이 났다는 소문은 말이 안 된다. 그 마을의 사람들은 호반새를 태어나서 처음 보았기에 그 새에 대한 환상을 갖고 있었을 것이라. 깃털 색깔이 붉은색이었기 때문에 온몸이 불로 뒤덮여 있다는 소문도 만들어졌을 것이다.

이 새는 그날도 그저 평범한 일상을 즐기고 있었을 것이다. 자신이 마을에 불을 지르며 날아다니는 악마의 새로 바뀐 줄도 모른 채.

인간은 자신이 모르는 대상에 대해 두려움을 갖는다. 이내 그 두려움은 자신 주변에서 벌어지는 설명할 수 없는 사건들의 원인을 특정 대상에게 돌리게 하고, 다시 대상에 대한 분노로 바뀐다. 분노는 사람들에게 걷잡을 수 없는 전염병처럼 퍼지고 결국 비극을 만들어 낸다.

박제된 동물의 눈알

어느 날 이런 생각을 해 보았다. 박제된 동물에 들어간 눈알은 어떻게 만드는 걸까? 진짜 동물의 눈알을 고체화하는 걸까? 아니면 눈알은 따로 만들어 삽입하는 것일까? 박제를 하는 총포사의 아저씨에게 이 질문을 하자 답변은 쉽게 얻을 수 있었다. 플라스틱으로 만든 눈알을 접착제를 사용해서 동물을 박제한 뒤 삽입한다는 것. 왜냐하면 눈을 그대로 사용한다면 당연한 이야기이지만 썩기 때문이다.

　나는 스스로 품었던 질문에 대한 답을 알자마자 집으로 돌아와 집에 있던 박제들을 다 모아 놓고 눈알들을 쳐다보았다. 하나같이 생명력 없이 초점을 잃은 눈동자들이었다. 질문에 대한 답을 알았음에도 불구하고 나는 답변을 확인하기 위해 방으로 가서 나는 바늘을 가져왔다. 순서대로 박제된 동물들의 눈을 찔러보기 시작했다.

　까마귀 눈. 딱따구리 눈. 꾀꼬리 눈. 올빼미 눈.

　모두 총포사 아저씨의 말대로 플라스틱이 맞았다.

　어렸을 적 바늘을 갖고 박제된 동물들의 눈알을 확인하던 나의 모습을 상상해 본다. 굳이 바늘로 찔러 봐야 확인이 가능했을까. 조금 소름이 돋는다.

잠자리 사냥

어렸을 적 다들 해 보았을 거다. 가을이 되면 노란 벼밭을 날아다니는 잠자리를 잡는 일 말이다. 잠자리가 벼 잎 위에 앉으면 도망갈까 조용히 다가가 손가락을 잠자리 눈 주위로 빙빙 돌리며 '도망가지 마라. 도망가지 마라.' 하다가 충분히 가까워지면 살포시 잠자리의 날개를 잡는다. 잠자리는 바르르 떨다가 이내 포기하고 힘을 축 빼고 눈알을 이리저리 돌릴 뿐이다.

잡은 잠자리는 당시 우리들의 놀잇감이었다. 손가락으로 잠자리의 날개를 잡고 친구 등 뒤에. 손등에. 옷 안에 올려놓기. 그러다가 지루해지면 잠자리를 날려 보내곤 했다.

어느 날 내 친구 A는 나에게 잠자리를 잡으러 가자고 했다. 자기가 새로운 방법으로 잠자리를 갖고 노는 방법을 개발했다는 것이었다. 우리는 잠자리를 잡았고 잠자리를 갖고 집으로 왔다. A는 나에게 이쑤시개와 실을 가져오라고 했다.

'웬 이쑤시개와 실?'

A에게 가져다주자 A는 실을 이쑤시개 한쪽 끝에 묶더니 반대쪽 이쑤시개를 잠자리의 꼬리에 깊숙이 박아 버렸다. 잠자리는 고통스러운 듯 이리저리 날기 시작했고 A는 이쑤시개에 매달린 실을 잡고 마치 연을 날리듯이 잠자리를 이리저리 데

리고 다녔다. A는 나에게도 권했다. 나도 얼떨결에 실을 잡고 잠자리를 연처럼 날리며 이리저리 뛰었다. 곧이어 잠자리는 힘이 빠졌는지 날지 못했고 곧이어 죽자 우리는 잠자리를 화분 안 흙에 묻어 주었다.

해가 쨍쨍한 날 개미를 돋보기로 비춰서 태우는 일처럼. 비온 뒤 땅 위를 기어가는 지렁이를 이유 없이 돌멩이로 짓이겨 죽이는 일처럼. 잠자리의 꼬리에 이쑤시개를 박아 연처럼 날리는 일도 우리들에게는 살생의 차원까지 갈 필요도 없이 그저 놀이에 불과했다.

어떻게 보아야 할까?

그냥 어린아이들이 흔히 하는 놀이 정도? 누군가 말한 문구가 기억난다.

어린아이들이 제일 순수하고 때로는 제일 잔인하다고.

청설모 사냥

　함박눈이 펑펑 내리는 날이었다. 아빠는 청설모 사냥을 가자고 제안했다. 강원도 춘천의 한 깊은 산기슭에 도착했고 아빠와 나는 사냥을 준비하기 위해 공기총과 탄환을 차에서 챙겨서 길을 나섰다. 함박눈이 펑펑 내려서 숲속은 온통 하얀색이었고 쥐 죽은 듯이 조용했다. 나와 아빠의 눈을 밟는 발자국 소리뿐.

깊은 강은 언제나 서늘하다

그때였다. 아빠가 나무 위를 조심스럽게 가르치며 조용히 하라며 손가락을 입에 가져다 댔다. 청설모였다. 먼 거리에서 총을 쏴도 충분히 맞을 만큼 크기는 꽤나 컸고 움직임도 많지 않았다. 아빠는 총을 청설모를 향해 장전했다.

"빵! 푸드덕푸드덕."

눈이 내리던 숲속에는 단발의 총성이 메아리가 되어 퍼졌고 이 소리를 듣고 놀란 새들이 멀리서 날아가는 소리가 들려왔다. 그리고 내 눈앞에는 총을 맞아 피를 흘리는 청설모가 있었다. 하지만, 나무 위에서 떨어진 청설모는 살짝 비껴 맞았는지 숨이 끊어지지 않은 채 어디론가 달려갔다. 나와 아빠도 청설모를 쫓기 위해 뒤따랐다. 어느 순간부터였을까. 나와 아빠는 청설모를 보고 따라갔다기보다는 새하얗게 쌓인 눈 위에 붉게 물들어 있는 청설모의 흔적을 보고 따라가고 있었다. 청설모를 따라가면서 붉은 피 주변으로 내장기관처럼 보이는 정체불명의 붉은 것들이 여기저기 흩어져 있었다.

'배가 터졌구나.'

아마도 총알을 비껴 맞은 청설모의 배가 터졌고 그곳을 통해서 내장기관이 쏟아져 나왔으리라. 슬며시 올라오던 비린내를 참아가며 청설모를 드디어 발견하였다. 예상했던 대로 청설모의 배에는 붉은 피가 흘러나오고 있었고 내장으로 보이는 기관들이 쭈욱 늘어져 있었다. 여전히 숨이 붙어 있었는지 찢어진 배는 볼록볼록 움직이고 있었다. 아빠와 나는 말을 잃은 채 죽어가고 있는 청설모를 보다가 이내 땅에 묻어 주고 집으로 돌아왔다.

그 일이 있고 며칠 뒤, 나는 TV에서 '동물의 세계'를 보고 있었다. 아프리카 대초원에서 사자 한 마리가 영양을 사냥하여 목과 배를 물어뜯어 내장을 꺼내어 먹고 있는 장면. 영양의 피와 내장이 이곳저곳에 퍼져 있었고 자신의 육신이 먹히는 과정에서도 숨이 끊어지지 않아 배가 볼록볼록 움직이고 있었다.

깊은 강은 언제나 서늘하다

며칠 전 내가 청설모를 사냥했던 일과 사자가 영양을 사냥했던 일은 다르지 않다고 생각해도 될까? 조금의 죄책감도 갖지 않아도 될까? 자연의 법칙? 어떻게 생각해야 할까. 사자의 사냥과 나의 청설모 사냥에서 한 가지 다른 점은 먹기 위해 사냥하지는 않았다는 것이다. '합법'이라는 테두리 내에서 '사냥'을 즐겼을 뿐.

그날 이후로 아빠는 공기총과 탄환을 모두 챙겨 경찰서로 가서 반납하고 다시는 사냥을 하지 않았다.

외래종을 잡는 것에 대한 단상

우리나라에는 다양한 외래종이 존재한다. 황소개구리, 배스, 블루길, 붉은 귀 거북 등.

나는 그날도 큰 배스를 잡아 올렸고 바닥에 펄떡거리며 죽어가고 있는 배스를 바라보며 오늘도 우리나라의 토종 물고기를 지켜 냈다는 뿌듯함을 느끼고 있었다. 하지만, 문득 이

깊은 강은 언제나 서늘하다

런 생각이 들었다.

배스는 생명체가 아닌가? 배스가 물론 우리나라의 토종 물고기들을 잡아먹고 생태계를 교란하고 있지만 그들도 숨이 붙어 있는 생명체가 아닌가? 생태계를 교란한다고 그들의 생명을 마음대로 빼앗아도 될까. 땅 위에서 온몸에 모래와 흙을 묻혀가며 날뛰던 배스는 어느새 숨이 멎어가고 있었고 움직임도 점점 약해졌다.

나는 정말 옳은 일을 한 건가?

한 생명체를 죽였다는 사실은 변하지 않는데 말이다.

개구리 항아리

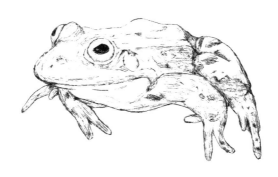

"꾹꾹. 꾹꾹. 꾹꾹. 개굴. 개굴개굴."

자려고 누우면 계속해서 개구리 소리가 들려온다. 내가 어릴 때에는 시장에 가면 개구리를 팔았다. 언젠가부터 개구리를 먹는 것이 불법이 되었지만 어쨌든 그전에는 식용을 목적으로 개구리를 사고팔았다. 우리 집도 개구리를 즐겨 먹었다.

깊은 강은 언제나 서늘하다

개구리는 생각보다 맛있다. 한 번도 먹어 보지 않은 사람에게는 다소 괴식처럼 느껴질 수 있겠지만 닭고기만큼 쫄깃쫄깃하고 맛있다.

아빠는 개구리를 사 오면 항아리에 물을 조금 채워 넣고 그 안에 개구리를 풀어놓았다. 밤이 되면 개구리들은 어떻게 알았는지 울기 시작한다.

"꾹꾹. 꾹꾹. 꾹꾹. 개굴. 개굴개굴."

다들 개구리가 '개굴개굴'거리며 울 거라 생각하지만 실제로 가까이서 들어 보면 다양한 소리가 난다. 물론, '개굴개굴' 소리도 있지만, '꾹꾹', '꾸르륵' 등 다양한 소리를 낸다. 너무 시끄러워서 자다가 깨서 항아리를 발로 툭 건드리면 조용해지다가 이내 다시 울음소리가 들려온다.

가끔은 아침에 일어나 개구리들이 잘 있나 항아리를 열어 보면 몇 마리가 없어진 경우도 있다. 이런 경우 대개 일주일 정도 기다리다 보면 어디서 썩은 내가 나기 시작한다. 냄새의 근원을 찾아가 보면 개구리가 말라 있는 경우가 많았다. 하지만, 분명 한 마리가 비는데 도저히 찾을 수가 없는 날도 있었다. 일주일 이 주일 정도 기다려도 썩은 내가 나지 않는다.

한 달 뒤쯤인가? 내가 거실에서 누워 있는데 저 멀리 앉아 있는 개구리와 눈이 마주쳤다. 항아리에서 탈출한 그놈이었다. 어떻게 살아 있던 걸까? 집 안 곳곳에 있는 물들을 먹으며 살아남았던 것 같다. 나는 다시 개구리를 잡아 항아리에 넣는다.

그날 저녁은 개구리 반찬이었다.

멧돼지 사냥

내가 그곳에 직접 갔던 것은 아니다. 아빠는 그날 멧돼지 사냥을 간다고 했고, 나도 궁금해서 따라가고 싶다고 했다. 하지만, 아빠는 위험하다며 나중에 더 크면 같이 가자고 했다.

세 시간 뒤쯤이었을까. 아빠는 검은 비닐봉지를 하나 들고 집으로 돌아왔다. 나는 항상 아빠가 집에 올 때 검은 봉지를 들고 오면 그 봉지 안에 무엇이 들었는지 궁금했다. 그날, 아빠가 들고 온 봉지 안에는 고기가 있었다. 돼지고기.

그것도 멧돼지 고기.

"아빠랑 친구들이랑 멧돼지를 둘러쌌는데, 멧돼지가 장난 아니야. 너무 크고 무섭단 말이지. 그리고 위기에 처하면 사람을 막 들이받으려고 하거든? 그리고 멧돼지는 피부가 두꺼워서 총알도 가끔 튕겨져 나올 때도 있어."

전설의 동물을 사냥하던 무용담 같았다. 멧돼지에 대해서는 사냥 말고도 몇 가지 일화를 들은 적이 있다. 작은 경차를 몰고 가던 중 갑자기 멧돼지가 들이받아 차가 쓰러졌다는 이야기. 등산을 하다가 멧돼지를 만나 나무 위로 도망갔는데 멧돼지가 나무를 들이받아 쓰러뜨리려고 했다는 이야기. 나는 아빠의 이야기를 들으면서 봉지 안의 멧돼지 고기를 꺼내어 만져 보았다.

'왜 이렇게 딱딱하지?'

내가 만져 본 멧돼지 고기는 마치 돌덩이 같았다. 원래 고기는 부드러운 것이 아닌가? 나는 아빠가 멧돼지 피부가 총알도 튕겨 낼 수 있다는 얘기는 사실 거짓말인 줄 알았다. 하지만, 멧돼지 고기의 피부를 직접 만지고 나서야 그 말이 사실일 수도 있다는 생각이 들었다.

그날 저녁 우리 가족은 멧돼지 고기를 구워 먹었다. 사실 멧돼지 고기는 별로 맛이 없었다. 비린내가 좀 심하게 났었던 것 같다.

그냥 돼지고기가 먹고 싶을 때는 삼겹살을 먹는 편이 좋겠다고 생각했다.

박제된 동물들

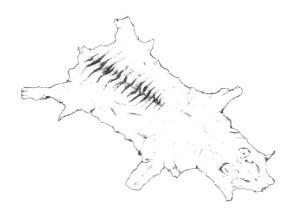

　보통 어린아이들은 피규어로 된 장난감이나 인형을 갖고 놀곤 할 것이다. 하지만, 나의 어렸을 적 장난감은 좀 특별했다.

　바로. 박제된 동물들.

　족제비, 사슴, 부엉이, 독수리, 꾀꼬리, 멧돼지 등 박제된 다양한 동물들이 우리 집 발코니에 전시되어 있었다. 아빠가 워낙 동물들을 좋아했기 때문에 하나둘씩 모으다가 어느새 우리 집은 동물원이 되어 버렸다. 부모님이 일을 나간 사이 나는 그것들을 갖고 장난감 놀이를 하곤 했다. 독수리가 꾀꼬리를 잡아먹는 상황극, 사슴이 꾀꼬리와 함께 수다를 떠는 상황극, 족제비가 나와 숨바꼭질을 하는 상황극, 멧돼지가 냉장고 음식을 훔쳐 먹는 상황극 등.

박제된 동물들은 실제 동물이나 새 가죽으로 만들었기 때문에 한참 놀고 나면 각질이 떨어지곤 했다. 그래서인지 박제들로 장난감 놀이를 마친 뒤에는 항상 바닥에 하얀 가루들이 떨어져 있었고 나는 매번 걸레로 닦았다.

하지만, 어느 순간 아빠는 집 안에 있던 모든 박제들을 처분했다. 죽어 있는 생물체의 가죽을 집 안에 두면 좋은 기운을 해친다는 소리를 한 사찰의 승려에게서 들었다고 한다.

지금 생각해 보면 죽어 있는 생물체의 내장을 긁어내고 빈 몸통에는 신문지를 가득 채워 넣고. 가죽의 형체를 약품으로 유지해 놓은 것들이 그리 좋은 장난감은 아니었다는 생각이 든다.

까마귀 사냥

시체를 파먹는 새. 불운의 상징. 까마귀.

왜 이런 흉측한 이미지가 있는 까마귀를 사냥하는가? 이유는 간단하다.

까마귀 고기는 맛있으니까.

강원도 화천에는 유난히 까마귀가 많았다. 도로 주변 나무, 전봇대와 전깃줄 위에는 항상 까마귀가 시커멓게 앉아 있었다. 아빠는 나에게 까마귀 고기가 맛있다고 했다. 그런 시커먼 새의 고기가 맛있다니. 뭔가 냄새가 날 것 같은 그런 이미지가 있었다.

아빠는 저 멀리 까마귀가 나무 위에 앉아 있는 것을 보고 자리를 잡았고 총을 겨누었다. 총은 발사됐다. 푸드덕. 바닥에 시커먼 새가 떨어졌다. 나는 달려가서 까마귀를 주우려고 했다. 그러자 까마귀 떼가 어디선가 몰려들어 도망가기는커녕 내가 자신의 동료를 죽였다는 것에 분노했는지 내 주위를 위협하듯 울면서 돌았다.

까악. 까악.

'이렇게까지 잡아야 하나.'

깊은 강은 언제나 서늘하다

그래도 아빠가 맛있다고 하니까. 겨우겨우 두려움을 이겨 내고 총에 맞은 까마귀를 주워서 차에 탔다.

우리에게 분노한 까마귀 떼를 뒤로 하고 집으로 와서 아빠는 까마귀 고기를 마치 돼지고기 굽듯이 프라이팬에 구워 주었다. 까마귀 고기를 입안에 넣고 조심스럽게 씹어 보았다. 인상을 쓰고 고기를 입에 넣었는데 이내 맛있게 느껴지는 까마귀 고기의 맛은 나를 미소 짓게 만들었다.

'와. 생각보다 맛있어!'

두려움을 이겨 내고 주워 온 보람이 있었다. 까마귀의 까악까악 우는 소리는 마치 지옥에서 건져 온 고기 같은 느낌이었다.

흔한 관용어 중에 무엇을 까먹으면 '너 까마귀 고기 먹었냐?'라는 표현이 있다. 까마귀가 염라대왕의 심부름을 떠났다가 말고기에 정신이 팔려 심부름거리를 까먹었다는 설화에서 비롯된 표현이라고 한다. 그래서 사람들 사이에는 까마귀 고기를 먹으면 건망증에 걸린다고 소문이 돌았다.

아마도 내 생각에는 까마귀 고기가 맛있어서 일부러 남을 못 먹게 하려고 누군가가 퍼뜨린 게 분명하다.

깊은 강은 언제나 서늘하다

참새만두

어렸을 때 내가 즐겨 먹던 음식 중 하나는 '참새만두'였다.

내가 살던 집 뒤에는 소나무가 **빽빽**하게 자라 있는 한 숲이
있었다. 그 숲에는 유난히 참새들이 많았다. 아마, 그 숲 옆에
농지가 있어서 수확하고 남은 농작물 찌꺼기를 그곳에 버려
참새들이 모여들었던 것 같다.

그래서 '참새만두'를 이야기하다가, 왜 진짜 '참새' 얘기를 하냐고?

맞다. 내가 먹었던 '참새만두'는 바로 그 진짜 '참새'로 만들기 때문이다.

일단 참새를 잡기 위해서는 참새 그물을 설치한다. 참새 그물은 배드민턴 네트처럼 생긴 그물인데, 참새가 잘 지나다니는 길목을 찾아 나무와 나무 사이에 그물을 설치해 두면 끝이다. 그리곤 주변에 쌀과 같이 참새가 좋아하는 먹이를 뿌려놓고 다음 날까지 기다리면 된다.

다음 날 그곳에 가면, 나무 사이에 걸려 있는 참새 그물에는 참새들이 주렁주렁 매달려 있다. 대부분은 죽어 있지만, 몇몇은 살아서 그물에서 벗어나기 위해 푸드덕대기도 한다. 나는 그물로 다가가 참새들 하나하나를 그물에서 꺼내어 가져온 포대 자루에 담아 집으로 향한다. 집에 도착해서, 참새

깊은 강은 언제나 서늘하다

들의 털과 껍질을 모두 벗기고 내장과 날개, 머리를 제거해서 찬물에 깨끗하게 씻는다. 새빨간 살만이 남아 있는 참새들을 도마 위에 펼쳐 놓고 칼로 곱게 다지면 준비 끝. 참새의 뼈는 얇아서인지 칼로 조금만 힘을 주어도 쉽게 쪼개어진다. 잘 다져진 참새고기를 각종 채소와 조미료를 섞어 만두피에 넣으면 참새만두가 완성된다.

오도독 씹히는 참새의 뼈는 별미였다.

글을 쓰고 있는 지금도 밖에서 참새들이 지저귀는 소리가 들린다. 배가 고프다.

선녀탕의 시체

　어느 가을날, 나는 엄마, 아빠와 함께 단풍 구경을 하러 강원도의 한 산에 등산을 갔다. 한참을 오르던 중, 저 멀리 폭포 옆에 사람들이 모여 있는 것을 보았다. 폭포의 길이는 10m 정도 되었고, 그 밑에는 폭포수의 낙차로 인해 움푹 파인 웅덩이가 있었다. 선녀가 하늘에서 내려와 이곳에서 목욕을 한다고 하여 사람들 사이에서는 선녀탕이라고 불리었다.

깊은 강은 언제나 서늘하다

사람들이 모여 있기에 궁금해서 나도 그들 곁으로 갔다. 사람들이 웅성거리는 소리를 들으니 사람이 죽었다고 하는 것 같았다. 엄마, 아빠는 나보고 가까이 가지 말라고 나를 말렸지만, 나는 호기심을 못 이기고 어른들 틈으로 파고들어 폭포 밑을 쳐다보았다.

　자세히 기억은 안 나지만, 폭포 밑 선녀탕에는 사람으로 보이는 형체가 긴 머리를 물속에 담그고 있었고 그 주변으로는 붉은 액체가 퍼져나가고 있었다. 아마도, 죽은 사람의 피였을 것이다. 그리고 그 옆에는 죽은 사람의 연인으로 보이는 듯한 한 남자가 고개를 푹 숙이고 울고 있었다.

　'선녀가 목욕을 하러 내려왔다가 죽은 건가?'

　나와의 거리가 멀어서. 그리고 사람들이 많아서인지 시체가 눈앞에 있음에도 무섭거나 잔인한 느낌은 없었다. 나는 한동안 멍하니 그 시체를 바라보고 있었고 엄마가 나를 끌어갔다. 얼마 후, 구급대가 도착해서 시체를 실어 가는 것을 멀리서 본 것이 그 폭포에서의 마지막 기억이다.

얼마 뒤, 엄마가 아빠에게 묘한 이야기를 했다.

"얼마 전에 산에서 죽은 그 사람 기억나? 그리고 그 옆에서 울고 있던 사람 있었잖아? 경찰이 조사하면서 밝혀진 건데 둘이 연인이었는데 둘 사이에 채무관계가 있었대. 그래서 앙심을 품고 울고 있던 사람이 자기 여자친구를 폭포 위에서 밀었다는 거야. 어떻게 알았냐면. 죽은 사람이 구두를 신고 있었다나... 그 험한 산을 가는데 구두를 신고 갈 리가 없잖아. 그래서 조사를 했대."

폭포 밑에 싸늘하게 죽어가던 시신이 어떤 신발을 신고 있었던 것까지 볼 여유는 나에게 없었다. 그저 나에게는 하나의 비극적인 구경거리였을 뿐.

청명한 가을하늘과 알록달록한 단풍 사이에서 일어난 비

깊은 강은 언제나 서늘하다

극. 참으로 묘한 조합이었다.

　그날 선녀탕에는 선녀가 내려오지 않았을지도 모르겠다. 아니, 어쩌면 내가 본 것이 목욕하러 하늘에서 내려왔다가 비극을 당한 선녀였을지도.

도마뱀

"도마뱀은 자신이 위급한 상황에 처했다고 판단되면 꼬리를 끊고 도망갑니다. 하지만, 걱정마세요. 대부분의 도마뱀의 꼬리는 다시 자라니까요."

TV 프로그램이었던 〈동물의 세계〉에서 보았다. 도마뱀은 위급하면 자신의 꼬리를 자르고 도망간다고. 종에 따라 꼬리가 다시 자라지 않는 도마뱀들도 있지만, 대부분의 도마뱀들은 다시 꼬리가 자란다고 했다. 내가 학교에서 집에 오는 길에는 다양한 생물들이 있었다. 각종 곤충들과 동식물들. 그중에는 야생 도마뱀도 있었다.

어느 날, 나는 친구와 함께 집으로 오고 있었다. 그러던 중 길 한가운데에서 야생 도마뱀을 마주했다.

'꼬리!'

나는 정말 도마뱀이 위급한 상황에 처하면 꼬리를 끊고 도망가는지 궁금했다. 도마뱀은 매우 빨랐다. 하지만 나는 입고 있던 겉옷을 벗어 던져 도마뱀을 잡는 데에 성공했다. 이왕이면 집에 가서 좀 더 자세히 보고 싶었다. 잘린 꼬리도 궁금했고.

내가 잡은 도마뱀을 책가방에 잘 넣어 무사히 집까지 갖고 오는 데 성공했다. 집에 도착하자마자 내 방으로 들어와 조심스럽게 책가방을 열어 보았고, 도마뱀은 숨을 헐떡거리며 긴장한 듯 보였다.

'이런!'

생각보다 빨랐다. 내가 손을 넣고 도마뱀을 꺼내려는 순간 엄청난 속도로 밖으로 뛰어나왔고, 내 방에 있던 책꽂이 밑으로 기어들어 갔다. 몸을 웅크려 도마뱀이 들어간 책꽂이 밑을 바라보았다. 그새 도망간 걸까. 아무것도 없었다. 나는 엄마가 곧 집에 들어오자 엄마에게 자초지종을 설명했다. 나중에 아빠도 집에 와서 같이 도마뱀을 찾았다.

결국 도마뱀은 찾을 수 없었다. 밖으로 나갔겠거니 생각했다.

내가 도마뱀을 찾은 것은 그로부터 한 달 뒤였을 것이다. 어디서 썩은 냄새가 희미하게 나고 있었다. 냄새는 거실에 있는 TV 받침대 밑에서 나고 있었다. 몸을 웅크려 그 안을 보

깊은 강은 언제나 서늘하다

니, 도마뱀이 말라비틀어져 육포가 되어 있었다.

'꼬리는?'

나는 말라비틀어진 도마뱀을 꺼내었고, 꼬리부터 보았다. 물론 꼬리가 있었다. 생명의 위협을 느끼기 이전에 아무것도 먹지 못해 굶어 죽었던 걸까.

지금도 가끔 생각하면 그 도마뱀에게 미안하다.

조금은 잔인한 민물고기 매운탕 만들기

민물고기 매운탕을 먹으려면 잡은 물고기들을 손질해야 한
다. 내가 어릴 적 물고기를 손질하던 방법을 설명해 주겠다.
조금은 잔인할 수도 있으니 마음의 준비를 하기 바란다.

1. 잡은 민물고기들의 머리를 딱딱한 물체로 강하게 쳐서
   기절시킨다. 한 번에 죽지 않은 물고기들은 몸을 파르

르 떨며 발작을 일으킬 수도 있다. 이럴 때는 한 번 더 머리를 치면 된다.

2. 기절하거나 죽은 물고기들의 비늘을 벗겨 내야 한다. 비늘을 벗기지 않고 그대로 매운탕에 넣는다면 비늘이 입천장에 붙거나 이빨 사이에 끼는 등의 이유로 식감을 해칠 수 있다. 비늘의 역방향으로 칼을 긁으면 비늘이 쉽게 떨어진다.

3. 배를 가위로 자른다. 자르게 되면 배 속에서 각종 내장들과 부레가 나온다. 부레는 물에 놓으면 떠오르기 때문에 물고기를 손질하다가 갖고 놀곤 했다. 각종 내장들 속에는 물고기가 갓 먹은 듯한 소화가 덜 된 먹이들이 들어 있다. 새우, 작은 물고기, 수초 등. 이것들을 깨끗한 물로 씻어 내어 물고기의 배 안을 비운다.

4. 배가 비워진 물고기들의 머리, 지느러미, 꼬리를 차례

대로 칼로 자른다. 특히, 지느러미와 꼬리에는 날카로운 가시가 있어 이것을 그대로 먹다가는 입이 다칠 수도 있다.

5. 잘 손질된 물고기들을 각종 양념과 섞어 탕을 만들어 끓인다.

6. 민물고기 매운탕 완성.

7. 완성된 민물고기 매운탕을 부모님께 갖다 드린다. 그리고 부모님이 맛있게 드시는 걸 바라보며 나는 다른 반찬을 먹는다.
왜 나는 다른 반찬을 먹냐고?

난 민물고기 특유의 흙냄새 때문에 민물고기 매운탕을 좋아하지 않는다.

깊은 강은 서늘하다 2

누군가 말했다. 만약 물속에 있는 시체가 서 있다면 절대 다가서지 말라고. 그 이유는 와류가 발생하는 곳에서는 시체가 가라앉지 않고 물속에서 선 자세로 있어서, 다가선다면 와류에 함께 휩쓸릴 수 있기 때문이다.

강원도 홍천에 있는 홍천강에는 매년 여름 수많은 피서객들이 모여든다. 많이 모여드는 피서객들의 수만큼 홍천강에서는 매년 익사자가 발생한다.

한 TV 프로그램에서는 익사자를 찾는 무당과 구조대원의 모습이 나오고 있었다.

'어? 저기 내가 물고기 잡으러 자주 가던 곳인데?'

무당과 구조대원은 홍천강에서 익사자가 많이 발생했던 지역을 탐사하고 있었다. 두 사람은 한 바위에 도착했고 무당은 영 기운이 좋지 않다고 말하였다. 이곳에 수많은 망자들의 기운이 느껴진다며. 구조대원은 놀라며, 사실 이 바위 앞이 가장 많은 익사자들이 발견되는 곳이라고 설명하였다.

와류가 도는 지역이라 시체들이 선 채로 바위 앞에서 많이 발견된다고.

깊은 강은 언제나 서늘하다

구조대원은 덧붙였다.

"사실 이 부근에서 익사자가 발생하면 찾기 힘든 이유는 와류 때문도 있지만요. 물이 너무 탁해요. 유난히 더 탁한 날이 있어요. 익사자를 수색하는데 앞이 전혀 안 보여서 손으로 더듬더듬 만지면서 찾거든요. 그러다가 갑자기 제 눈 바로 앞에서 시체를 만난 적도 한두 번이 아닙니다."

내가 물고기를 잡으며 홍천에서 만난 사람들에게도 이런 얘기는 직접 들어 봤다. 직접 들어 보지 못한 사람들은 이런 것들이 방송에서 활용하는 자극적인 콘텐츠 중 하나로 받아들일지도 모른다. 하지만, 이미 홍천 주민들은 다 아는 내용들이었고, 사실이었다.

문득 생각해 보았다. 홍천강에서 즐겁게 물놀이를 하고 거기서 잡은 물고기를 먹던 내 자신을.

시골 소년의 기묘한 에세이

깊은 강은 언제나 서늘하다

1판 1쇄 펴낸날 2023년 2월 15일

글쓴이 강민구
그린이 최소영

책만듦이 김미정 책꾸밈이 홍규선

펴낸곳 채륜서 펴낸이 서채윤
신고 2011년 9월 5일(제2011-43호)
주소 서울시 광진구 자양로 214, 2층(구의동)
대표전화 1811.1488 팩스 02.6442.9442
book@chaeryun.com www.chaeryun.com

책값은 뒤표지에 있습니다.
ISBN 979-11-85401-74-4 03810

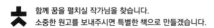

함께 꿈을 펼치실 작가님을 찾습니다.
소중한 원고를 보내주시면 특별한 책으로 만들겠습니다.

채륜(인문·사회), 채륜서(문학), 띠움(과학·예술)은 함께 자라는 나무입니다.
물과 햇빛이 되어주시면 편하게 쉴 수 있는 그늘을 만들어 드리겠습니다.